◎全国首批森林康养基地

三晋凉都乌金山

乌金山故事

WUJINSHAN GUSHI

主编 王琳玉

山西出版传媒集团
山西经济出版社

《乌金山故事》编委会

主　　编：王琳玉

执行主编：韩　杰

副 主 编：程耀武　李彦乔

编　　辑：贾宝宝　王荣芝

　　　　　范晓丽　秦志强

　　　　　闫利鹏　武　佳

摄　　影：王冬青　霍康宇

　　　　　温建伟　葛　瑞

序 言

榆次区政协主席 王琳玉

"山不在高,有仙则名;水不在深,有龙则灵。"自古以来,位于榆次以北罕山之阳的乌金山就以其绚丽多姿的景色、美丽动人的传说、悠久厚重的历史撩动着无数名士才子、文人墨客的心扉。

当你徜徉在乌金山风光怡人的怀抱中时,你会深深地感到:她是一处天然的氧吧,这里山峦起伏,植被丰盈,层林覆盖,郁郁葱葱,实为黄土高原上不可多得的绿色明珠;她是一块人文的美玉,这里与佛教圣地五台山有着很深的历史渊源,水晶院曾被誉为"五台山下院",文殊菩萨讲经的传说、黑龙布雨济世的神话,为这片青山平添了许多令人向往的神秘色彩;她是一座英雄的名山,这里曾走出过后汉开国皇帝刘知远、汉人成佛第一人唐代"空王佛"田志超、清代湖北提督张彪等历史人物,尤其值得我们景仰的还有,我党早期马克思主义传播者、中国共产党著名的政治活动家韩麟符和抗日英雄高国杰,他们也都生于斯,长于斯。

　　1993年，乌金山因其植被珍稀、景观奇特、涵养气候被林业部确定为国家森林公园。2008年以来，这里历史遗留下来的一大批名胜景观，如水晶院、玉皇阁、藏狮洞、黑龙池、大慧石、天缘谷、龙王庙、太清宫、九峰塔等得到有序开发，并于2009年9月9日第七届榆次文化旅游节开幕之际向中外游客开放。之后，又借助历史文化资源开发了神坛、德顺堂等景点，又顺应现代人消费理念开发了狂欢谷、五国皇家大马戏、山外山大酒店、七星楼等游乐和服务设施。2012年9月9日，第九届榆次文化旅游节再度在乌金山景区举办，一个集旅游、休闲、度假、娱乐、健身等功能于一体的景区全面开放，并于2013年4月荣膺国家AAAA级旅游景区和山西省休闲旅游度假区，生态乌金山、文化乌金山、欢乐乌金山、休闲乌金山魅

力尽展,而且翻开了榆次区文化旅游新的一页。

当今世界,旅游业已逐步成为发展最快的绿色产业和朝阳产业。旅游业的发展不仅能够促进区域经济社会的发展和生态环境的改善,也使习近平总书记提出的"绿水青山就是金山银山"的理论成为现实。拥有三千年悠久历史的古老榆次,东依太行,西俯汾谷,北枕罕山,南抱八缚,潇、涂二水缠腰而过,尽显旖旎风光,抒写一抹锦绣。厚重的文化底蕴、秀美的自然风光、发达的交通区位、驰名中外的晋商文化,构成了榆次得天独厚的旅游资源优势。2000年以来,榆次先后修复了堪称"中国儒商第一家"的常家庄园、集中国传统文化于一身的榆次老城,抢救性开发了中国民间文化遗产普查古村落范本——后沟古村。2008年4月,我们借鉴多

方经验，本着"政府宏观管理、市场运筹资金、保护开发并重、突出生态效益"的原则，引入民营资本，启动了乌金山国家森林公园的保护性修复工作。至此，榆次的旅游产业由一张白纸，迅速构建成为今天的庄园（常家庄园）、老城（榆次老城）、古村（后沟古村）、名山（乌金山国家森林公园）为一体的旅游格局。

我们坚信，随着我区旅游产业的不断发展，打造全域旅游示范区工作的不断推进，榆次的旅游业将迅速崛起，成为推动我区实现赶超发展的支柱产业。一个充满活力、特色鲜明、山川秀美、和谐文明的全域旅游示范区，正焕发出勃勃生机，向我们快步走来。

目录 contents

序言 / 王琳玉　　　　　　　　001

第一章　神话故事

清风洞与张彪的传说　　　　　002

长者爷爷的传说　　　　　　　008

佛移山的传说　　　　　　　　012

山娃寻宝的故事　　　　　　　014

鳄鱼吞珠的传说　　　　　　　017

金手和尚的故事　　　　　　　022

九莲神灯的故事　　　　　　　025

火神爷卖"大火烧"的故事　　028

聚宝盆和白皮松的传说　　　　031

棋盘石的传说　　　　　　　　034

青羊现身度普永	038
崔山亮捉鬼的故事	040

第二章　民间传说

三侠槐的传说	048
盖聂与荆轲	051
韩信乌金山访盖聂	055
庞涓洞与马陵道	060
孟良抢亲	062
孟良归宋	065
韩郡王看女儿	067
九峰塔的来历	069
袁天罡、李淳风不如老娘的脚后跟	073
和尚开玩笑	077
没德变有德	078
善恶终有报	082
"油篓葬"的传说	085

神笔傅山	088
荣门武杰的故事	091

第三章　民俗民谣

第一节　民俗

龙王山古庙会	100
紫金山古庙会	104
龙王山祈雨	105
紫金山祈雨	108

第二节　民谣

我家有个抗日郎	111
做军鞋	112
地雷好像颗大西瓜	113
麦穗黄	114
旱船歌	114
喝糨糊	116
四季调	116

纺织歌	117
弯弯的涧河清清的水	118
添仓节	119
喜鹊儿喳喳	120
眊哥哥	121
木萝萝开花	121
只想着你	122

附录：
大型山水实景剧本
《轮回乌金山》

序幕		124
第一幕	金手和尚的故事	128
第二幕	盖聂与荆轲	133
第三幕	刘知远传奇	142
第四幕	张彪之谜	156
第五幕	魂归故里	164

第一章 神话故事

乌金山历史悠久，自然景观和人文景观荟萃，几乎每一个景观都为我们留下了一个脍炙人口的故事。这些故事从古说到今，经过许多代人的口耳相传，越发显得美丽动人。这些故事寄托了人们对美好生活的热切期盼，寄托了人们对真、善、美的歌颂和追求，是人们对自己善良心地的婉转表达。通过这些故事我们可以感受民间文化的无穷魅力。

清风洞与张彪的传说

乌金山上有一个清风洞,也有人称此洞为"海眼",据说此洞一直通到东海龙王的龙宫里。相传这个清风洞还与西左付村大清武举人张彪有些关系。

想当年,张彪的父母年过四旬而无子。他俩从16岁成亲,每逢初一、十五都要到乌金山水晶院拜文殊菩萨求子,几十年风雨无阻,从不间断。一天,文殊菩萨参加王母娘娘的蟠桃会后返回乌金山水晶院时,见有一股清风凝聚不散,在林间游荡。文殊感觉奇怪,便按下云头看个究竟。原来这股清风是个游魂。文殊看这个游魂好像有些来历,就将手一伸,把游魂收入袖中。他回到水晶院掐指一算,原来这个游魂竟是东海龙王帐前的蟹将军。

这还要从头说起,相传东海龙王在深深的海底建了一座宫殿,但自从住进去以后就感觉整日昏昏沉沉不舒服,于是唤来太医给他看病。太医入得宫来,不但没有治好龙王的病,自己好像也得了同样的病症。太医感到诧异,莫非这宫里染上了什么邪气?他走出宫殿,往浅水处走了一阵,不适之感顿然消失。太医这才恍然大悟。急忙返回龙宫,对龙王说:"大王的玉体用不着吃药,只是龙宫建在深海,导致大王不适。"

龙王问道:"那如何是好?"

太医说:"只要顺着海底向陆上打个通气孔就行了。"龙王又问:"如此简单?"

太医说:"是。"

第一章 神话故事

龙王说:"这好办,只需我吹一口气就可以了。"说着,龙王抬头吹了一口气,顿时一个圆洞就从海底一直通向内陆的龙王山(即乌金山),霎时,龙王山凉爽清新的空气就涌进龙王的宫殿,龙王昏昏沉沉的症状也顿时消失。

当地人把这个洞叫作清风洞。

　　龙王有个午睡的习惯。这一天他正在午睡,忽然旧病复发。醒来以后感到胸中憋闷,气喘吁吁。龙王不知何故,就来到清风洞前向上一看,原来有个东西堵住了洞口,龙王很是生气,正想差人把这个东西捉来看个究竟,但感到鼻子有些发痒,忍不住冲着清风洞打了个喷嚏。不想这个喷嚏力量太大,竟然把那个东西喷出洞去,一下子摔到清风洞口对面的崖壁上,那个东西顿时便一命呜呼,原

来那个东西是龙王帐前的蟹将军。这天他闲来无事,来到清风洞前,只觉得凉风习习,非常舒服,出于好奇,就钻进洞去。不想竟把洞堵了个严严实实,致使龙王无意间要了他的命。

再说这一天恰逢十五,突然天降大雨,人们无法上山听文殊菩萨讲经,文殊难得清闲,就在水晶院殿内闲坐。不想竟看见一对老夫妻冒着大雨上得山来,来到文殊殿前三拜九叩,嘴里念念有词,文殊听得真切,原来这一对老年夫妻是山下西左付村人,年近天命仍然膝下无子。两人几十年如一日,逢到初一、十五都要到水晶院烧香求拜,风雨无阻,从不间断。文殊菩萨大为感动,恰好刚刚收到一个游魂,不如就赐给他们吧。文殊想罢,一抬手,一股清风飞入那夫人的怀中,但那夫人竟然浑然不觉。只是回到家中,那夫人才感到身怀有孕。于是,十月怀胎,一朝分娩,老夫妻生下了一个健壮的男婴,取名张彪。老夫妻自是欢喜万分,就倾其所有在水晶院请戏班唱了三天大戏,以报答文殊菩萨的大恩大德。

时光荏苒,张彪长到5岁的时候,有一天水晶院的老住持夜间偶得一梦,梦见文殊菩萨给他送来一个红肚兜男孩。住持醒来,知道那是文殊菩萨点化他收徒。于是住持就下得山来寻找梦里那个红肚兜男孩。

几经周折,老住持终于在西左付村东面靠山处的一户人家门前,发现一个戴红肚兜的男孩正在门前玩耍。住持上前细细打量,这个男孩竟然与他在梦中所见一般无二。于是,他就进得院来,和其母亲说明来意。

张彪母亲几十年到水晶院上香,与住持自然非常熟悉。儿子本就是佛家所赐,理当上山服侍佛祖,于是满口答应。张彪就这样

随水晶院住持上了乌金山水晶院,跟着住持习武十年,学了浑身武艺,直到老住持高龄圆寂才回到家里。

之后,张彪外出务工,来到煤窑给窑主背煤为业。张彪每日勤勤恳恳地劳作,但他也没有忘记练武。每天都起得很早,在上工之前总要到乌金山的大慧石上采气练功,从不间断。这里谷幽林深,天地日月之气积聚于此,使他的武艺更加炉火纯青。

话说四月初四是文殊菩萨的生日,曹国舅来乌金山水晶院给文殊菩萨祝寿。他来到乌金山上空,忽然看到一深谷中松林左右摇摆,闻得松涛飒然作响,如起了大风一般。曹国舅纳闷,青天白日,林间无风,怎么会风声萧萧?他一时好奇,就按下云头,在林梢察看。原来深谷中的大慧石上有一个七尺高的年轻人在晨雾之中走着八卦连环步。这个年轻人彪悍英俊,两掌如扇,一个风摆荷叶,便搅得风声呼啸,松针如雨般落下。

曹国舅看得有些发呆,天下竟有武功如此高强的人,心中不禁顿起爱怜之心。但他没有打搅张彪,依旧凝神观看,直到张彪练完又下了煤窑,曹国舅才悄悄地离开。等他来到水晶院见到文殊菩萨就迫不及待地问起此人,才知道这个年轻人名叫张彪,曾在水晶院练武十载,是附近有名的孝子。因命中有此波折,故而一时难以出道。文殊菩萨告诉曹国舅,说张彪第二年六月才能步入坦途,那时朝廷开科,他定能一举成名。

曹国舅听文殊这样说,就放下心来。但他为了试一试张彪的心地,便化成一个衣衫褴褛的六旬老翁,也下得窑场去背煤。这天,日落西山,天色已晚。张彪下了工,准备回家,不想在半路上遇到一个老人吃力地背着煤筐往前走。张彪虽然十分疲惫,但他看到老

第一章 神话故事

人偌大年纪还来背煤,心中不忍,就急忙赶上前去,叫了一声大爷,然后接过老人肩上的煤筐背在自己的背上。老人也没有谦让,并拿起铁锹说道:"既然你帮我背,就好事做到底吧。我上一次山不容易,那就把筐装满吧。"

张彪脸上没有现出半点难色,就拿下筐来装得满满的,然后又背起来跟着老人走了五六里路,才走到山下一户破旧的人家。就这样,张彪每逢下工,就帮老人背煤,一晃就是月余,就连老人的一口水也没有喝过。曹国舅打心眼里喜欢上了这个小伙子。

曹国舅回到水晶院,对文殊菩萨说及此事。文殊说:"人要成大器,必经一番磨炼。功名来得太容易,他就不会珍惜。"

果然,次年六月科考,张彪考取武举人。

张彪后来官居一品,封建威将军,任湖北提督,并跟随张之洞创立了中国第一支陆军。

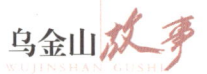

长者爷爷的传说

S H E N H U A G U S H I

所谓长者爷爷就是指唐高祖李渊的叔叔李通玄。

话说李通玄来到紫金山以后便隐姓埋名，专心致力于研读和著述佛教经典《华严经》，深受当地民众的崇敬。但人们不知道他就是武德皇帝李渊的叔叔，都唤他为李长者。李长者居于华严寺后，他的生活起居都由庞梁村一心向善的财主庞全照应。等到李长者完成他的著述以后，他一方面贪恋紫金山秀美的风光，一

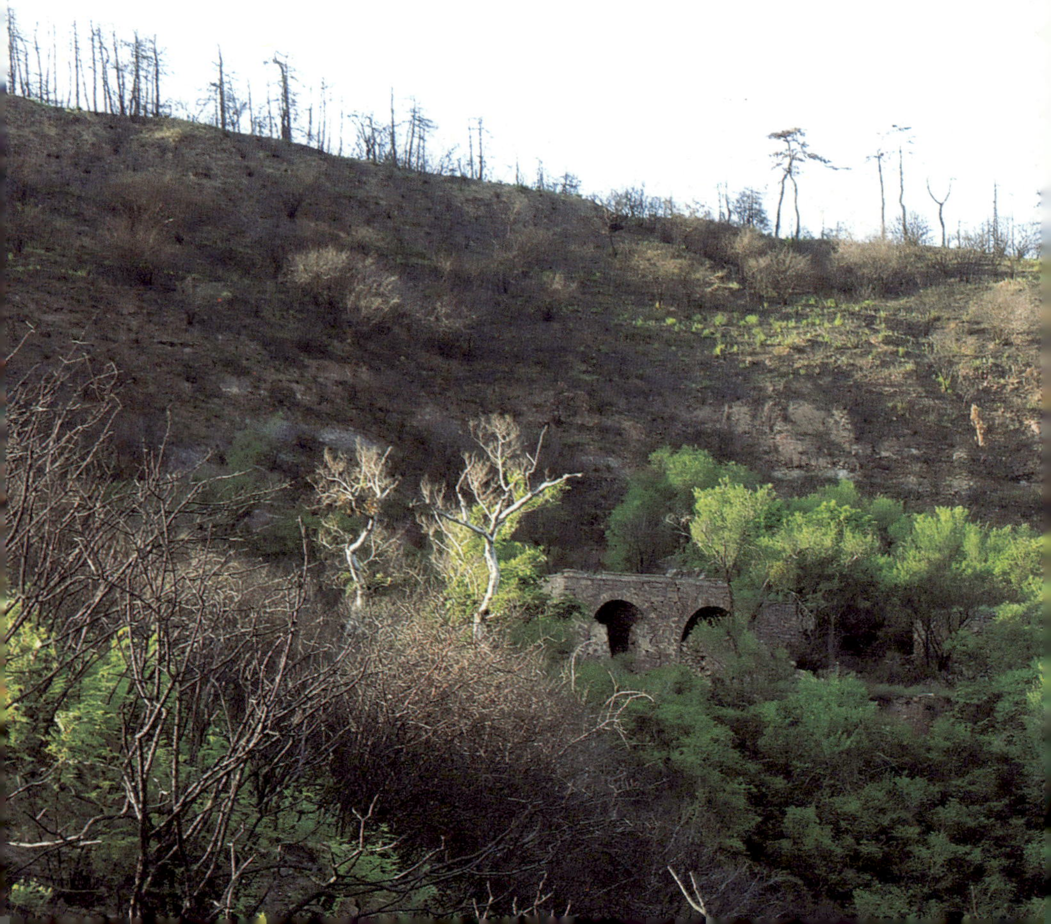

方面感念庞全多年来对他的照顾，所以就不想离开这个地方。于是他决定留在华严寺闭关清修。庞全敬佩李长者的志向，每日照常为其三送斋饭。为了不影响他闭关修炼，庞全与长者约定，斋饭送来以后就放在大殿的供桌上，以敲磬三下为号，李长者即出来取饭。如此日复一日，年复一年，直到庞全黑发变成白发，仍然一日三餐供饭不辍。

有一天庞全为李长者送去早饭回来以后对妻子说，长者想吃西瓜，他要到什贴买西瓜，让妻子中午替他送饭。并嘱咐她将饭放到供桌上，敲磬三下告诉长者饭已送来，然后出殿走百步以后才可回头。虽然庞全的妻子为李长者做饭若干年，但她从未见过他的模样，心里当然好奇。那天中午她把饭送去放在供桌上，并按庞全的嘱咐敲磬三下便离开大殿。但她没有走够百步，就忍不住回过头

华严寺遗址

去。这一回头不打紧,她竟看到了一个白发垂足,白须盈丈,人不人鬼不鬼的怪物。庞全的妻子不由得大叫一声:"怪物!"然后撒腿就跑。庞妻的一声喊,也把李长者吓了一跳。他以为是庞全伺候了他这么多年,大概是厌了,才让别人替代。他不想再麻烦庞全,就决定离开寺院。于是他收拾书籍行囊,出华严寺向西北方向而去。翻过两道山梁,李长者来到一条小河前,正要涉水过河,却被黑、黄两只老虎拦住去路。李长者见状,对老虎说:"要不你们吃了我,要不你们就让开路。"但老虎既不吃他,也不让路。李长者又说:"你们要嫌我脏,那我就下河洗洗,洗干净了你们再吃。"于是李长者跳到河里把自己洗了个干干净净,然后对老虎说:"来来!你们吃吧!"但老虎仍然不吃。李长者笑笑又说:"既然你们不吃我,那你们就跟我走。黄虎当我的坐骑,黑虎给我驮书籍行囊。"两只老虎点点头,于是,李长者跨上黄虎,越过那条小河,继续向西北走去,黑虎驮着长者的书籍行囊跟在后面。再说庞全买回西瓜,问妻子饭送了没有?妻子说:"原来我每天伺候的是一个白毛怪物。"庞全一听,知道不好,急忙来到华严寺,但寺内已是人去殿空。庞全想,李长者来自晋阳,一定是向晋阳而去,于是急忙向西北方向追赶。

  庞全翻过几道山梁,来到一条小河边,看见河边布满老虎的蹄印,不禁大惊失色,急忙循着蹄印过河追了下去。追到一个村庄(这个村后来叫作"虎唤村"),村边有一个农夫正在锄地。庞全急忙上前询问。那农夫说看见一只黄虎驮着一个白毛老人,一只黑虎驮着行囊跟在后面朝东北方向去了。庞全闻言,又急忙转向东北追去。

  庞全又追了一程,爬上一道缓坡,又看到一个村庄,庞全又上前打听。村边的人告诉他,白毛老人骑着老虎已走大老远了(后来这个村就叫"大远村")。庞全闻言,顾不得停留,继续向前追赶。

庞全一路追一路问,一直追到寿阳县北方山的上寺,李长者已在上寺坐化了。长者仙逝,庞全万分心痛。跪在已经坐化的长者面前,声泪俱下:"我来晚了,我来晚了!"

正在庞全伤心之时,空中突然响起李长者的声音:"庞功德主,感谢你对我的一片诚心!"他嘱咐庞全:"请把我的头割下来,带回紫金山,再塑上一个假身,供在华严寺如来三世佛的下首。这样,我在方山上寺是假头真身坐上首,在紫金山华严寺是真头假身坐下首。日后你要仙逝,可坐在华严寺三世佛的上首。"

听罢空中嘱咐,庞全知道李长者肉身已经成佛,遂遵照长者的安排,将长者佛爷的头带回紫金山,并塑成真头假身像,供在华严寺正殿三世佛的下首一殿内。李长者成佛的消息不胫而走,人们纷纷前来焚香叩头,并称李长者为"长者爷爷"。

再说庞全一生向佛,慧根早具,待到把长者爷爷的像塑好后,即到华严寺出家修行,后也遂长者爷爷的法旨,在华严寺正殿三世佛上首的一间殿内坐化成佛,华严寺也就成了佛国圣地。善男信女们纷纷解囊,为长者爷爷扩建寺院。紫金山周围的东蒜峪村、要罗村和寿阳的王家庄、胡家垭村还组成四社村,为华严寺办起了一年一度三月二十七的古庙会,以解长者爷爷的寂寞。

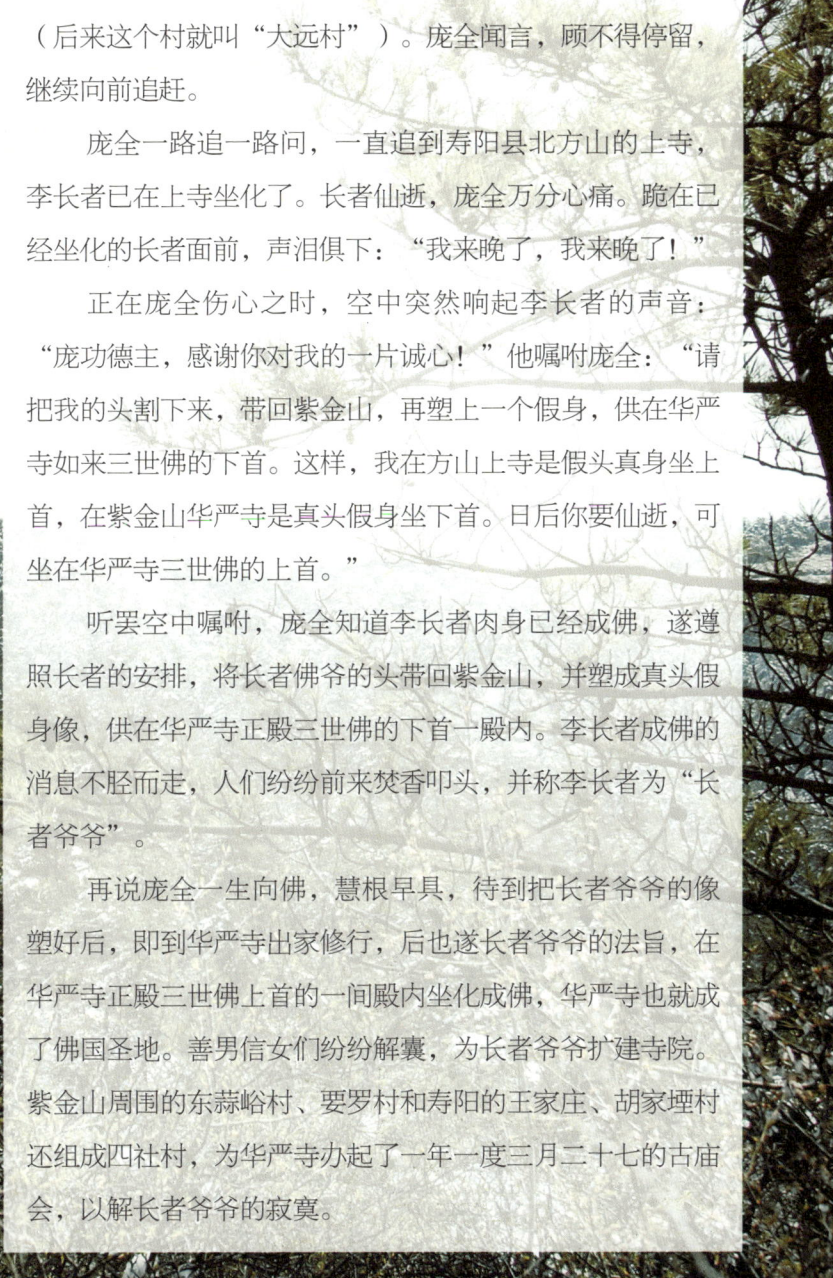

佛移山的传说

佛移山就是乌金山的孟良山。相传很久很久以前，现在孟良山所处的位置并没有山也没有峰，只是一个平台。一日，如来佛祖驾云东行，来到这个地方。突然感到热气扑面，酷热难当。于是停下观看，只见这里群山赤裸，河谷干涸，大地龟裂，寸草不生，哀鸿遍野，饿殍遍地。如来一向慈悲为怀，见此情景，顿生怜悯之心。就唤来观音菩萨，命她将净瓶之水洒向群山。观音菩萨领命，随即用柳枝蘸上净瓶里的甘露洒向山野，顿时山坡绿树丛生，大地禾苗复活。久旱不雨的乌金山一带突然涌泉遍地，到处流水潺潺，人们

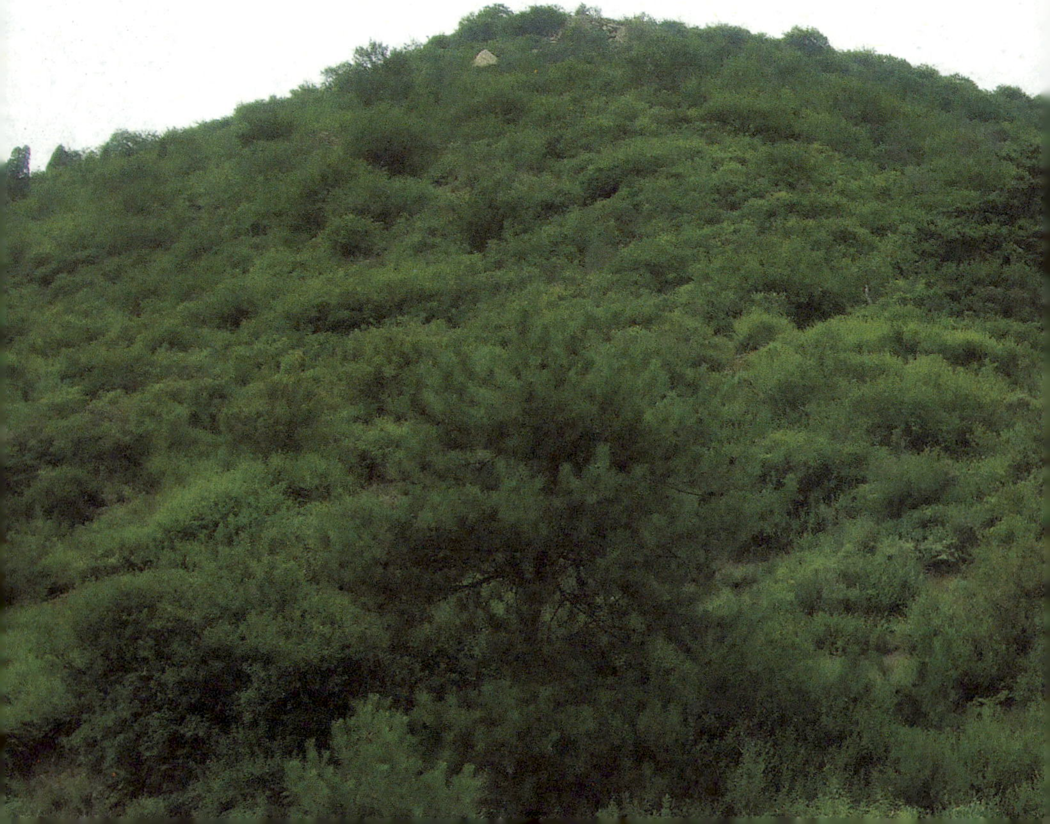

兴奋不已，遂将山下一村改名为"平地泉"。

再说如来，他又伸手向平台一指，平台处便出现一个深洞。他随即又唤来财神赵公明，命他将无数金银财宝和许多金碗银碟放在洞中。此洞顿时光芒四射，金光闪耀。接着，如来又将手轻轻一挥，只见位于寿阳县以北的方山山顶竟突然脱离山体，飞向半空，并随着如来的手势，慢慢移到乌金山上空，并稳稳地落在平台上，将藏宝洞严严实实地覆盖起来。于是，光秃秃的平台上凭空长出一座山峰，这就是现在人们看到的孟良山。但由于如来从方山移来的这座山峰体积较小，只覆盖了藏宝的洞口，却未能占满平台，所以，孟良山半山腰至今仍留有大面积平缓的地带。

如来移山盖住了宝洞，但寿阳的方山却因此而成了平顶。寿阳的老百姓虽然不知道是如来佛祖移走了方山的山顶，但他们断定山顶突然消失，绝不是人力可为，于是，人们便称方山山顶为"神坪顶"，这个称谓一直延续至今。

乌金山突然甘露降临,绿树遍野,而今平台上又突然耸起一座山峰,当地百姓个个称奇,人人道怪,以为定是上界神仙下凡救民于水火,便慌忙焚香叩头,感谢上苍。如来见状,就现出法身对众人说:"移山藏宝,意在济民;瓠熟为匙,贪者莫进;金盘银碟,写据借用;焚香许愿,用毕归洞。"说完,如来即将一颗瓠瓜的种子丢于宝洞前的山坡上,然后驾云离去。

却说百姓正焚香祷告,忽闻半空传来佛音,急忙抬头仰望,只见空中如来佛祖和观音菩萨以及财神赵公明元帅已经驾祥云而远去,方知佛祖慈悲,藏宝济民。因为此山是如来佛祖从寿阳方山移来,于是大家即称此山为"佛移山"。直至北宋末年,孟良占山为王,大修山寨,杀富济贫,后又归顺杨家,百姓感念孟良仗义,因又称佛移山为"孟良山"。

再说如来佛祖将一颗瓠瓜种子丢在佛移山藏宝洞前的地上,种子即刻发芽生根长叶结瓜。乌金山一带民风淳朴,百姓不贪不占,勤劳耕耘,过着平静的生活。

山娃寻宝的故事

话说如来为济苍生,在佛移山藏宝并移山盖洞,还现出真身留下"移山藏宝,意在济民;瓠熟为匙,贪者莫进;金盘银碟,写据借用;焚香许愿,用毕归洞"三十二字箴言,这个消息很快就传遍四方。于是,四周乡民欲借杯盘操办喜庆之事,就按如来佛祖的嘱咐,将所借杯盘数量写在纸上放在山前,并焚香祷告,金盘银碟便

幽冥洞

如数出现在他们眼前。不管多少人一起求借，皆能如愿，乡民无不大喜过望，对三十二字箴言更加深信不疑。同时也有人前来寻宝，但他们虽然知道"瓠熟为匙"是用"瓠"当作打开宝洞的钥匙，但"瓠"是什么东西，均不得而知，于是，前来寻宝的人只好乘兴而来，扫兴而去。

一天夜里，月朗星稀，一个青年人来到佛移山前。青年名叫山娃，居住在山南的一个村庄。家中父亲早亡，哥哥娶妻分家另过，只留下他与老母一起生活。

老母亲一生艰辛，老来多病。哥哥软弱无能，嫂嫂泼悍不孝，山娃只好一人挑起奉养老母的重担。眼下，老母重病缠身，山娃身无分文，只好到药店赊药。但药店掌柜只认钱不认人，他知道山娃家一贫如洗，就一口回绝了他。无奈之下，山娃想起乡民所传宝洞济民的事，于是就怀着一线希望，一路坎坎坷坷，跌跌撞撞来到佛

移山，只盼望寻得宝藏以救重病老母。

佛移山虽然不大，但藏宝洞在什么地方，没有人知道。更何况夜幕沉沉，山林一片漆黑，伸手不见五指。这时候，突然狂风骤起，山林发出一阵阵恐怖的呼啸。山娃救母心切，顾不得周围鬼哭狼嚎，他抬头仰望沉沉夜空高声呼喊道："救苦救难的观世音菩萨，救救我病重的老母亲吧！"喊着，他便声泪俱下地跪在了地上。

正在这时，山腰突然现出一道道金光，山娃一阵惊喜，忙站起身来快步登上山腰。只见金光闪处长着一棵藤蔓，藤上结着一个长圆形的果实，金光就是从果实里发出来的。难道这就是打开藏宝洞的钥匙？面对金光闪闪的果实，山娃不知如何是好。这时，山娃突然看见藤蔓上挂着一条黄绫，绫上写着十六个朱字："救母寻宝，孝心感天。瓠现洞开，以证佛言。"看了黄绫上的话，山娃才知道藤蔓上结的果实就是传说中如来佛所说的"瓠"，这"瓠"正是开启藏宝洞的钥匙。

原来这"瓠"是产于印度的一种攀缘类草本植物，名叫"瓠瓜"，也称扁蒲，俗名瓠子。该植物夜间开花，果实为绿白色。只因当年如来将瓠瓜的种子丢到藏宝洞前的平地上，并在种子上施了法力，故瓠瓜成熟的时候即发出道道金光。同时，因为如来要用瓠瓜当作开启藏宝洞的钥匙，所以瓠瓜才"有缘即熟并现形，无缘遍地难找寻"。

山娃得到了开启藏宝洞的钥匙，当然欣喜万分。他把瓠瓜摘下来拿在手里，一道金光从瓠瓜中射出，紧接着，山坡上就现出一道门洞，洞门徐徐移开，山娃就战战兢兢地走了进去。只见洞呈圆形，洞里一边堆满金银珠宝，一边叠着杯盘碗筷。整个洞里，五光十色,耀人眼目。山娃看看这个,摸摸那个,他想了想,觉得这些宝物对他都没有多大用处。最后他只拿了一锭白银,觉得这锭白银给老母亲看病足够用了,然后转过身来就要离去。忽然发现在洞壁下随便扔着一个不起眼的陶罐,他觉得此物可以给老母亲熬药,就从地上捡起来,擦掉上面的泥土,把那锭银子放在里面,然后走出藏宝洞。来到外面回头一看,哪里有什么洞门?眼前还是那座黑乎乎的山。山娃以为自己是在做梦,但他的手里真真切切提着一只陶罐,于是山娃便又跌跌撞撞回到家里。第二天,山娃从陶罐里拿出银子,到药铺给老母亲抓上药,回来以后拿过陶罐准备点火熬药。他正要将草药倒进陶罐,不想突然发现陶罐里还有一锭银子,这让山娃大惑不解。他把那锭银子拿出来,陶罐里立刻又生出一锭白银,山娃这才知道他得了宝贝。从此,山娃再也不愁没钱给老母亲看病了。

鳄鱼吞珠的传说

相传很久很久以前,中国北方一带民风淳朴,掌管智慧的文殊菩萨尊如来之命,从南方将女娲补天所余智慧石运到乌金山,放置在水晶院东的山谷中。又将自己心爱的一颗巨大的宝珠放在佛移山(即后来的孟良山)南百米处的山冈上。然后抬手向西方一招,将乌金山一侧结岭石村南中林山的山顶移到佛移山亦即孟良山,将宝珠掩盖起来。

文殊菩萨埋藏的这颗宝珠名叫地灵珠,此珠乃采大地之精、

四海之华,经数万年锻炼而成。地灵珠所埋之处,方圆百里均可受益,据说每500年必出一代英豪。果然,此后离佛移山不远的左付村就出了后汉开国皇帝刘知远以及清代湖北提督张彪。这与文殊菩萨埋藏在佛移山上的地灵珠是否有关不得而知,这是后话,暂且放下不提。

　　文殊菩萨埋地灵珠之事被在长江入海口处修行的一条鳄鱼精得知。这条鳄鱼精已经修行千年,若能得到此珠吞下,它即刻就能修

鳄鱼山

成人形并能位列仙班。于是鳄鱼精就来到乌金山妄图盗珠以自享。

鳄鱼精离开长江来到乌金山的佛移山东的山脊上,尾东头西,口对埋珠之地,欲凭千年道行将地灵珠从山底吸出吞下。鳄鱼精果然道行不浅,它张开血盆大口,用尽丹田之气,猛力一吸,埋珠之山顿时颤抖起来。鳄鱼精大喜,赶忙继续猛吸,眼看地灵珠就要被鳄鱼精吸出。突然一座小巧的玲珑宝塔从天飘然而降,稳稳地落在了埋珠的山顶。此塔迎风见长,瞬间便长成一座高塔,将藏珠之山

压住。原来这是文殊菩萨在空中施的法术。

鳄鱼精正在奋力吸珠,眼看山体摇动,山底透出光华,宝珠即将被它吸出,心中大喜。但就在此时,一座宝塔从天而降,落在山顶,宝珠耀眼的光华顿时消失。鳄鱼精知道这是文殊菩萨从天降塔以护宝,但它不甘心失败,仍要孤注一掷,以求一逞。然而鳄鱼精虽然有千年道行,但也难敌文殊菩萨的无边佛法,鳄鱼精最后力气耗尽,死在山脊,遂化为鳄鱼山。只是鳄鱼精远道而来,却葬身此处,实不甘心。至今我们看到的鳄鱼山仍然活像一条鳄鱼,张着大口对着埋珠之山。

山冈上突然耸起一座山峰,峰顶又落下一座宝塔,宝塔以东

的山脊还趴着一条巨大的鳄鱼，乡民看后无不大惊。他们纷纷前来观看，只见塔上写有"灵珠塔"三字，塔门两旁还嵌有一副对联，上联是"移山覆盖地灵珠意在潜移默化"，下联是"掷塔铲除鳄鱼精旨为劝良向善"。后来人们把文殊菩萨移来的这座山称为"地灵山"，亦称"灵山"。这座山是从中林山移来，所以，至今中林山仍为平顶。

金手和尚的故事

话说大洪山的山坳里有一座寺院，名曰"镇寿寺"，镇寿寺里有一名住持，唤作智圆和尚。这个智圆和尚心地十分善良，附近村里有什么事求到寺院，他都愿意帮忙。寺里在山下有几亩田地，他就像附近的村民一样辛勤劳作。打下粮食除了供寺僧吃用以外，余下的他都救济了附近村里无依无靠的老人。所以人们都很爱戴这个智圆和尚。

这一年适逢大旱，山下百里的村庄从春到夏五个月没有下雨。春天播不下种子，秋天颗粒无收，镇寿寺也同样遭了饥荒，断了粮食。

这一天，智圆和尚从外面好不容易化得一点斋饭回来，刚坐下准备进食，不想从外面进来一个衣衫褴褛的女子，这女子蓬头垢面，满脸菜色，饿得奄奄一息，进门就扑倒在地上。智圆和尚顾不得男女授受不亲，赶忙把她扶到禅房，并把自己化来的斋饭送到她的面前。那个女子不由分说，端起碗来就将智圆和尚的斋饭吃了个精光。智圆和尚在一旁看着，直往肚里咽唾沫，他也已经两天没有吃到一粒粮食了。

等吃完了饭，那女子恢复了一些气力，就站起来向智圆和尚告辞。但还没有走到院子里，女子便大叫一声，又躺在地上，好像疼痛难忍的样子。智圆和尚不知道是怎么回事，赶紧跑过来询问。原来那女子身怀六甲，就要临盆。这下可难坏了智圆和尚。他问女子家住何方，女子说离此很远，她家里的人都出来逃荒，即便回家也是等死，况且已经来不及了。"救人一命，胜造七级浮屠"，何况出家人一向慈悲为怀,智圆和尚不能见死不救,而他又颇懂些医道,就更不应怠慢。但寺里的和尚都到外面云游化缘,只剩下他一个人留守。现在要为一女子接生,智圆和尚实在感到为难。

那女子躺在地上,嘴里发出一声声惨叫。情况危急,时间容不得智圆和尚再迟疑,他就把心一横,抱起那女子来到自己的卧房,又急忙铺床烧水备盆准备接生。还好,那女子在智圆和尚的伺候下顺利产下一女婴。孩子"哇哇"的哭声让智圆和尚松了一口气,他用自己的一件新袈裟将孩子包好放在那女子身边,然后端起产盆想把里面的血水倒掉,并洗干净黏在自己手上的血迹。但他已经两天没有吃过一点东西,刚走到院子里就觉得浑身无力,顿觉眼前一黑,便一下子把盆扔到地上,自己也一头栽倒在地失去了知觉。

不知过了多长时间,智圆和尚才从昏迷中醒来。此时天色已黑,他还惦记着屋里的母女。智圆和尚从地上爬起来,在禅房里点着油灯,并掌灯来到自己的卧房。手遮灯光往床上一看,不禁让他大吃一惊,原来刚刚生产的那个女子已经不知去向,但那个婴儿还好好地躺在床上,婴儿身上还包着他的袈裟。他不知孩子的母亲到

哪里去了,就抱起婴儿准备寻找那女子。但他觉得被袈裟包裹着的孩子非常沉重,一时竟没有抱起来。他感到奇怪,就打开袈裟观看,原来里面没有什么孩子,竟包着千两黄金。智圆和尚再看看自己的手,不想十指也变成了金的。不仅如此,就连院子里的柏树也因为智圆和尚无意间把血水泼到了树身上,柏树也变成了闪闪发光的闪金柏。这一下他明白了,那女子一定是上界的神仙。

　　智圆和尚猜对了,那个衣衫褴褛的女子是王母娘娘变化而成的。原来王母娘娘早就听说大洪山的镇寿寺里有一个让老百姓称颂

镇寿寺禅房遗址

的和尚。这一天八仙聚会以后,她独自来到大洪山,想试试这个和尚是不是如同民间所传。于是她就变作民妇模样,不仅吃了智圆和尚的救命饭,还给他出了个天大的难题。事实证明智圆和尚真的是一个一心向佛的弟子。

再说智圆和尚得了这么多金子,第二天他便从集市上买来粮食,并在寺院门前摆起了粥棚,一天三顿为四乡老幼施粥,帮助灾民度过荒年。

因为女婴变成千两黄金,自此以后,当地人们就把女孩称为"千金"。

智圆和尚由此更受到人们的敬仰,镇寿寺也香火旺盛,经久不衰。

智圆和尚活到百岁,无疾而终。人们把他埋在镇寿寺南山坡下的路旁,并立一座大约三尺多高、七层八角墓塔。这个墓塔被称为"金指和尚塔",以供路人随时瞻仰祭拜。

九莲神灯的故事
SHEN HUA GU SHI

在乌金山西南的中林山上,有一座和合寺。和合寺院里有一块大石,大石上有九个形如海碗的石凹,石凹里注满清泉,经年不涸不冰,这已经是奇观。但还有更奇的事,那就是逢到夜深人静,子

时三刻,每个石凹里的清泉里就现出一盏莲花形的灯。这莲灯红光四射,把寺院照得如同白昼。这时就会有九个漂亮的仙女从莲花中飘然而出,美妙的仙乐也随风而至,仙女便随着仙乐在院子里轻舒广袖,翩翩起舞。半个时辰后,她们就又袅袅娜娜回到莲灯里,随即莲灯转暗,并渐渐熄灭,一切又归于平静。

和合寺出现九莲神灯以及仙女起舞的消息不胫而走,四乡的男女老幼都想一睹仙女的风采,于是,他们每到夜深人静,就悄悄地隐藏在寺院的附近,屏住呼吸,等待仙女的出现。果然子时三刻,莲灯点亮,红光四射,和合寺院里通亮通亮。九位仙女从莲灯里飘然而出,一个个锦衣霞帔,罗裙广袖,轻歌曼舞起来。有个词形容女子的美貌叫"貌若天仙",而眼前就是天仙,不管怎样描述,都难以道出仙女之美。人们看得如痴如醉,直到仙女歌舞既罢,飘回清泉,莲灯熄灭,才恋恋不舍地离开。

有一天,远道闻讯的几个年轻人相约来到和合寺,他们早早地就爬到寺内高高的松树上,占领有利地形,等待夜幕降临,一睹仙女的风采。好不容易等到夜深人静,终于等来了莲花在水中绽开,九仙女飘出清泉,轻移莲步,来到院中,顿时仙乐荡漾,仙女随乐起舞。九个仙女绝世的容貌和美妙的舞姿让几个青年人看得如痴如醉,目瞪口呆。其中一个简直有些不能自已,忘记了自己是在高高的树上,一不小心,就从树上跌落下来。没想到一脚踩进了一个石凹,石凹里的水顿时四溅开去。仙女被突然从天而降的青年惊得不知所措,纷纷跳回水中莲灯。莲灯顿时熄灭,和合寺院里变得一片漆黑。只有一个仙女无处可去,急得团团乱转。因为那个青年从树上跌下,冲走了石凹里的水。这还不算,那青年摔得很重,坐在石凹上爬不起来。待到那青年好不容易让开地方，但时辰已过，石凹里又没有了水，那仙女已是无家可归。

　　仙女泪流满面，哭得好不伤心，那青年知道自己闯了祸，真是后悔莫及，便跪在地上，连连向仙女道歉。但仙女没有了去处，真是无可奈何。不过，她见那青年是个诚实的人，就跟那个青年回了家。等到一帮人簇拥着那个青年和仙女回到村里已是天色大亮。在众人的撺掇下，那青年和仙女结成了连理。那个年轻人因祸得福，白捡了一个漂亮的仙女做媳妇，让其他的青年羡慕得要死要活。他们想，要知道是这样，他们会一起从树上摔下来。但是，这个机会再也没有了。自此以后，和合寺里这种美妙的现象就再也没有出现过。

　　但也有另一种说法。说是一个月以后，和合寺里又传出了美妙的仙乐。据说直到现在，人们远远地还能听到。但只要人们走近，那歌声就停止了。所以，人们就再也没有眼福看到那些美丽动人、翩翩起舞的仙女了，真是遗憾。

火神爷卖"大火烧"的故事

很久以前,榆次北起乌金山,南到庆城山,绵延百余里,长满黑压压的油松林。现在就只剩下乌金山和庆城山两大林场,中间那几十里黑松林带却不复存在了,这是怎么回事呢?

相传有一天,玉皇大帝和王母娘娘到南天门散步。他们看到凡间榆次的黑松林里,有许多樵夫在里面砍柴,并且专捡一些干树枝砍伐,玉皇大帝问王母娘娘:"樵夫为什么专挑干柴砍呀?"

王母娘娘回答说:"干柴比湿柴好烧呗。"

玉皇大帝说:"怎见得湿柴就不好烧?"

说着,他就宣来火神爷,命他即刻下到凡间,把榆次的黑松林点着。火神爷一听,心里很不是滋味。他想,你们两口子斗嘴,就要火烧黑松林,这岂不让老百姓遭殃?真是于心何忍呀?可毕竟圣命难违,他不得不下到凡间,准备完成玉皇大帝交给的任务。

火神爷化作一个老翁来到榆次地界,左思右想,不忍下手。因为一旦点着黑松林,住在山上的老百姓就都难逃厄运,这可把他难坏了。那天恰逢乌金山庙会,善男信女、游商小贩,人来人往,热闹非凡。可火神爷不能对人们说玉皇大帝要火烧黑松林,那样就会触犯天条。情急之下,火神爷突然急中生智。他到一个僻静的地方变了一个磨盘大的火烧背在背上,边走边喊:"卖火烧!卖火烧!"

人们看见一个老头背上背着一个很大很大的火烧都觉得稀罕。

"看呀！好大的火烧！"人们围着老头啧啧称奇。火神爷说："俺这算什么火烧？后面还有更大的火烧！"

人们好奇地问："这么大的火烧怎么烧的？"

火神爷说："怎么烧？天烧！"说完一转身就不见了踪影。人们这才恍然大悟，觉得这一定是神仙点化，榆次可能要有火灾。于是，人们奔走相告，有亲的投亲，有友的靠友，能迁的迁，能移的移，做好了各种准备。果不其然，黑松林着火了。一时间，大火熊熊，乌烟滚滚，火势蔓延，遮天蔽日，百里松林成了一片火海。人们捶胸顿足，但都束手无策，好端端的黑松林眼看就要化为灰烬。庆幸的是，人们早有防备，大火没有伤着人。

这天，东海龙王正好出来巡视，享用人间供奉。他恰巧来到乌金山的龙王庙，但还没有坐稳，就被一阵浓烟呛得眼辣鼻痒，止不住就打了一个大喷嚏，天空顿时就阴云密布，下起了瓢泼大雨。一连三天三夜，才将黑松林的大火浇灭，总算保住了乌金山这一片森林。所以，榆次人对火神爷和龙王爷都格外感激，而乌金山上的龙王庙从此更是名声大振，每到干旱时节，人们总要到这里来祈雨，据说灵验得很。

聚宝盆和白皮松的传说

SHENHUAGUSHI

　　乌金山上有个村庄叫结岭石，附近有个寺院名叫和合寺。相传早年间寺里住着两个和尚，长者为师，幼者为徒。寺院里还养着一头驴和一条狗。小和尚天天负责给驴割草，从春到夏，小和尚欢欢快快地出去又欢欢快快地回来，准时准点每天都背回一大筐绿茵茵的青草。眼看深秋到了，万木开始凋零，而小和尚照例每天将一捆青草背回来，这不由得让老和尚奇怪。

　　老和尚为了看个究竟，这一天，等小和尚出门以后，老和尚就尾随其后，来到离寺院不远的一片滩地上。只见小和尚舒舒服服地躺在一片草地旁的石板上暖暖地晒太阳。快到晌午的时候，小和尚才起身割草打扎，不多不少正好一捆。小和尚往背上一背，就高高兴兴地回去了。

一连几日,青草割了又长,长了又割,总不见少。老和尚奇怪,就趁小和尚不在的时候偷偷来到这里,并将长草的地方挖开,结果只挖出了一个半新半旧的瓷盆。老和尚觉得这个盆无用,就随手扔到院里当了喂狗的狗食盆。自打那以后,小和尚就再也割不到青草了。老和尚自知理亏,对小和尚不能完成割草的任务也不敢责怪。让老和尚奇怪的是,倒进盆里的东西,狗总也吃不完,他还以为狗有了什么病,不想吃东西呢!

有一回,老和尚和小和尚下山化缘三天没有回来,以为狗一定饿坏了。结果发现狗食盆里依然满满当当,狗也吃得膘肥体壮,活蹦乱跳。老和尚十分惊讶,他想,难道这就是传说中的聚宝盆?于是他让小和尚把那个盆洗干净,先放进去一个银元宝,结果盆里就长出了一盆银元宝,这下,把两个和尚高兴得蹦了起来。

有了聚宝盆,和合寺的日子今非昔比。他们翻修了寺院,到此修行的和尚也越来越多,和合寺的名声也越来越大。

但好景不长,

和合寺里有个聚宝盆的消息就传到了县令的耳朵里。这个县令是个贪官,就想把聚宝盆据为己有。于是,就说聚宝盆是国宝,下令让和合寺把聚宝盆交到县衙充公。老和尚急了,便抱着聚宝盆跑到乌金山的密林深处,找了一棵大松树将盆埋在了树下,并将自己的破衲衣脱下来包在树上做记号,然后就放心地到外地躲了起来。

三年之后,听说那个县令离任,老和尚就回到了乌金山,想找到那棵大松树,结果发现他曾经埋盆的地方所有的树都是一个模样。树干发白,青一块儿绿一块儿,斑斑驳驳。原来老和尚包树的衲衣上的补丁也长在了树干上,这就是我们现在看到

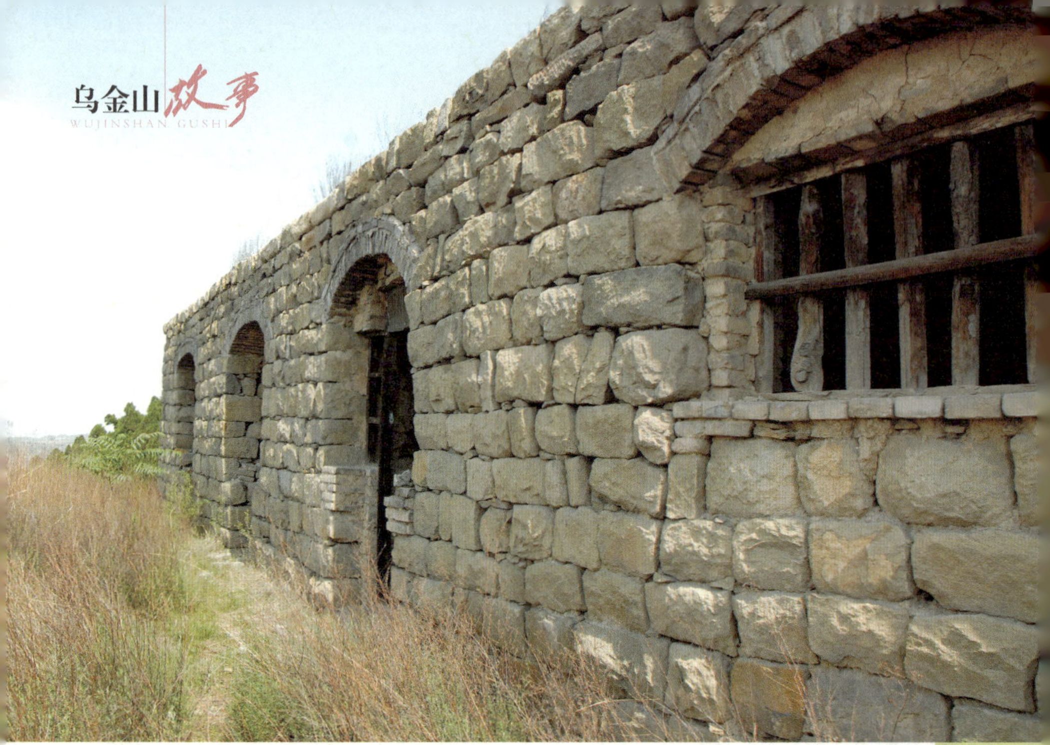

和合寺禅房遗址

的乌金山漫山遍野的白皮松。

老和尚看着眼前大片的白皮松林，口里不禁念了一声佛语：“阿弥陀佛，善哉善哉！”

棋盘石的传说

S H E N H U A G U S H I

乌金山上有个叫棋盘石的地方，提起它，人们都津津乐道，说起这棋盘石，还有一段有趣的传说哩。

离乌金山最近的一个村子叫平地泉，相传村里有个叫张有福的年轻人，既聪明又好强，还有一个要命的嗜好就是爱下棋，一下起棋来便没有了时间概念，甚至连吃饭都顾不得。

有一天，家里的柴火烧得没有了，婆姨就让他去上山砍柴。张

有福第二天早晨就早早地起来，拿起砍刀，扛起扁担走出家门。近处山上的柴已让人砍得差不多了，张有福只好往深山里去找。走着走着，他突然听到从不远的高处隐隐约约传来"啪啪"的声音，还听见有人在说笑。张有福心想："谁这么早就抢先上了山？"心里觉得好奇，便循着声音往更高处爬去想看个究竟，反正越往上柴也越多，不发愁砍不到。已经爬得很高了，但还不见人影，张有福有点心虚。他凝神屏气，竖起耳朵谛听，周围一片寂静，便觉得有些害怕。为了给自己壮胆，他便使劲咳嗽了一声，并下意识地握紧了手里的砍刀。

正在这时，他又听见不远处传来响亮的"啪啪"声，间或还听到说笑的声音。张有福顿时放松了警惕，心想都是自己吓自己，便又加紧了步伐，不一会儿就上了山顶。这下他看清楚了，原来是两个老人对面而坐，在那里比比划划，不知在干什么。张有福十分好奇，三步两步便来到跟前，原来那两个老人是在下棋。

张有福定睛观看，只见一个老人鹤发童颜，一个老人长须飘飘，颇有几分仙风道骨。张有福见两位老人下得专心，他一时不敢惊扰，便立在旁边观看。看了一局又一局，不觉入了迷，直看得心里发痒。他拗不过自己的棋瘾，就大着胆子对两位老人说："老人家，让我也下一盘吧！"

两个老人停下手中的棋。一个问："你就是平地泉村的张有福吧！听说你很爱下棋，那咱就过过招吧！"

张有福听老人这样说，真是喜出望外。他赶紧坐下来与那位长须飘飘的老人下了起来。下了一盘又一盘，但张有福就是下不过对手，心里又着急又不服。老人几次催他回家，他都不肯离开棋

盘。旁边的长者便劝他说:"年轻人,你已出来五天了,还不赶紧回家?我们也要赶路了。"说罢,两个老人相视一笑,突然没了踪影。张有福十分惊讶,恍惚间伸手去拿砍刀,却握了个空。原来砍刀已经锈迹斑斑,刀把也已经腐朽了,心里觉得很诧异。突然就想起了老婆还等着他的柴火做饭,便赶紧捡了一捆,背起来撒腿就往山下跑,仿佛一阵风似地便回到了村里。

更让他奇怪的是,村子怎么也变了模样?似像非像,人也似识非识。到了自己家门口,见出来一个七八十岁的老婆婆。张有福纳闷,赶紧向前打问:"我婆姨在不在屋里头?"

那老婆婆一见张有福,愣怔了好一阵,便"哇"的一声哭出声来。一边哭一边说:"有福啊,你是人还是鬼呀?你可别吓唬我呀!你砍柴这一走,连个音讯也没有,你这几十年都到哪儿去啦?

家里都以为你遭了不测，爹娘连气带病也都先后去了。"张有福听着老婆婆的哭诉，心里越发的诧异。"你是谁呀？"他疑惑地问。那老婆婆说："好你个没良心的，我等了你整整五十年，你倒不认识我了……"张有福这才恍然大悟，原来跟他下棋的是两个神仙。"都怪我贪玩忘了回家，误了事，也误了你。"张有福拉住老婆的手不禁掉下泪来。天上五天，地下就是五十年啊！从此张有福对老婆更是加倍呵护，直到她去世。

此后，每当村里谁要到该吃饭的时候还不回家，家里人就打趣说："不是又到山上下棋去了吧？"至今，乌金山的一个山头上还有一块棋盘石，人们把那个小山头称为"棋盘山"。

棋盘石

青羊现身度普永

　　青羊现身度普永的传说与榆次境北之大洪山镇寿寺的复修有关。大洪山一山坳中,有一形似绵羊之高大石笋,据传该羊形石笋为一护寺青羊所化,且有青羊现身度普永之神奇传说。明正统十二年(1447年)《重修大洪山镇寿寺碑记》中亦有关于青羊开示什贴善士韩普永之记载。

　　大洪山松茂荆蓁,金沙遍坡,风光之美,为乌金山诸山之最。山中宋初(960年)始建之镇寿寺,更是建筑恢宏,典雅壮美。特别是镇寿寺之"青羊护持""西天王母曾在寺中分娩""寺僧为王母分娩手端血盆化为金指"等传说,更为大洪山镇寿寺罩上了一层神秘色彩。山美寺美传说美,于是镇寿寺声名远播,成为当时榆次、寿阳、太原三县、市民众虔诚朝拜之佛教胜地。岁月沧桑,朝代更替,辽、金窥汉,战祸连绵。当时空推进至明正统十二年(1447年)之时,镇寿寺已被山坡流砂滚石填埋,变为一片废墟。然佛寺

羊形石笋

虽毁，乡民信仰之心未减，维修佛寺之心切切。于是榆次什贴都善人韩普永发愿重修镇寿寺，以足乡民愿心。他施银雇匠，清淤觅基，"先重修正面佛殿三楹，内塑画庄严，焕然一新"。

镇寿寺位于大洪山半山坳中，三面环峰，寺南临谷，运料艰难，水源远在寺南山谷之中。韩普永数月建寺，白昼施工，夜宿山洞，待三间佛殿建成，已累得体乏步虚，疲惫不堪。一日，他深谷挑水，行至山坡，坐地小憩，忽感一阵睡意袭至，不由打起盹来。打盹中，他似觉有一青色绵羊拍其背，并口发人言说："你辛苦矣！"韩普永大奇，问："你从何方来？"青羊答："大洪山镇寿寺。"韩普永忽然想起"青羊护持镇寿寺"的传说，遂脱口惊问："你便是传说中的护寺神羊！"青羊未答，却说："施银建寺，功德无量，你生具慧根，佛缘颇深，镇寿寺西山根处有一清泉，可供寺僧长久用水。"青羊言罢，在韩普永头顶拍了一下，然后脚点树梢，如一道青影射向对面山谷，在山坳处的羊形石笋前一晃而没。再说韩普永被青羊头顶一拍，顿时醒来，他睁眼前观，对面山坳羊形石笋依旧。回忆梦中情景，历历在目，青羊之言依犹在耳。于是他急步来到镇寿寺之西山根处，只见昔日干涸的砂岩处，果然出现一股清泉，沿山根流向寺南山谷。至此，韩普永始信"青羊护持镇寿寺"之民间传说并非虚言，而对面山坳处之羊形石笋就是青羊之原神化身。

梦中青羊开示，山岩清泉突现，韩普永乃具慧根之人，知是青羊现身为他指点迷津，决心皈依佛门，在镇寿寺出家，并请高僧妙广为他剃度，赐法名为"果廉"。至此，榆次什贴都少了一名善士，大洪山镇寿寺多了一名寺僧，俗名韩普永的释果廉开始长住镇寿寺，修庙参佛。为感念青羊开示，他还将寺西山根处突现之清泉

取名为"青羊泉",并在泉周广种黄花菜,成为寺中一景,故人们也称该泉为"黄花泉"。

韩普永施银修寺,乡民本就感激,其又忽然剃度出家,寺中又忽现清泉,乡民更为惊奇,纷纷入寺探究,青羊现身度普永、点清泉之事很快被乡民得知。镇寿寺古有青羊护持传说,今又现实印证,镇寿寺有灵之说很快传开,于是乡民、居士纷纷捐资修寺,镇寿寺很快修复一新,成为榆次、寿阳、太原三县、市之佛教胜地。

时光推移,朝代更替,至青羊现身度普永后,不觉又历500余年。如今镇寿寺虽于1972年被沛霖乡政府建乡农机站而拆毁,青羊泉已因久旱干涸,但今青羊原神之石竟又被发现,想来大洪山镇寿寺再次复兴已为期不远矣!

崔山亮捉鬼的故事

听老人们说,早年间榆次乌金山的大峪口村有一个后生,名字叫崔山亮,他长得又高又大,臂力过人。可他家里父母早亡,就他一个人靠推车卖煤度日。他推的手推车比一般人的要大,煤也装得多,人们都愿意买他的煤,因此日子过得还算将就。

有一天,崔山亮卖完煤回到家里,一看家里好像有人走动过,东西好像也有人翻动过。心想,这大概是隔壁邻居想借东西,见他不在,找东西留下的痕迹。于是他就问了问四邻,但大家都说没有去过他家。崔山亮见家里没有丢什么东西,也就没有把这事放在心上,吃了晚饭就倒头呼呼地睡了。

高壁村资圣寺旧址

谁想第二天,崔山亮从外面卖煤回来,家里又被人翻了个乱七八糟。他又打问邻居,邻居都说不知道是怎么回事。从此以后,一连几天,天天有人翻腾他的家。他觉得很奇怪,心想,这是谁和他过不去呀?于是他就多了个心眼,离家时特意在门上加了一把大铁锁。谁知虽然他锁上了门,照样有人来他家光顾,但他家的东西却没有丢过一件。所以日子久了,崔山亮也就习以为常了。

有一天,他正在家里躺在炕上休息,突然听到家里的东西"噼里啪啦"乱响起来。他想,谁这么大胆,俺在家里就敢来捣乱?想着就坐了起来四下里看看,没有人。再仔细眊眊,门还是关着的。是猫,是老鼠?也没有看见,他就又躺下。刚躺下,他家里的东西又响

起来，锅碗瓢勺，叮当乱响。他又急忙坐起来，还是没有看见有什么东西。这到底是怎么回事呢？崔山亮想看个究竟。于是他就又躺下，闭上眼睛假装睡着。一会儿，他突然听见窗户跟前有动静，好像有什么东西从猫洞里钻出去，于是，家里就安静下来。

崔山亮这才明白，原来这个东西每天是从猫洞里钻进来的。但这个东西到底是什么呢？莫非是个妖怪？崔山亮胆子很大，他想，这家伙欺负俺这么长时间，不管它是什么东西，非逮住修理修理它不可！既然是从猫洞子里出进，那俺就按猫逮这家伙。于是他就找了一条口袋，把口袋对准了猫洞子，专等那东西钻进来。等了一夜没有逮住。第二天，崔山亮连煤也不去卖了，还是悄悄地等着。到了前半晌，果然从猫洞子里钻进来一个东西，一下子就窜到了崔山亮布好的口袋里。崔山亮赶紧跑过去把袋口攥紧，就在地上摔起来。一边摔一边骂："看你再欺负老子！"

刚摔了几下就听见口袋里"呀呀"直叫。再仔细听听，却是尖声尖气的人话："哎呀！不敢了！哎呀！不敢了！"

崔山亮住了手，问道："你是谁？"

口袋里说："俺是毛鬼鬼。俺再也不敢了！你把俺放了，你要甚，俺给你甚，行不行呀？"

崔山亮说："不行！非把你摔死不可，看你还敢不敢欺负人！"

毛鬼鬼在口袋里急得直央告："你饶了俺吧，俺再也不敢欺负你了！"说着就像小孩子一样"呜呜"地哭起来。

崔山亮一听，心软了，就说："放了你可以，你以后不准再欺负任何人！你要是再欺负人，叫俺知道了，非把你摔死不可！"

毛鬼鬼赶紧说："不敢了，不敢了！从今以后，俺再也不敢欺负人了。你快放了俺吧，俺听你的话，给你好东西！"

崔山亮心想，这东西还知道改错，那就放了它吧。俺一个受苦人，要什么好东西？就是每天推煤下山，得使劲撑住才行，比上山还费劲。那就让这个毛鬼鬼帮俺拽住一点就行。于是他对毛鬼鬼说："俺什么也不要你的，只要你在俺推煤下大坡的时候帮俺拽住一点就行。"

毛鬼鬼赶紧回答："行行！俺明天就去！"

崔山亮就把口袋解开，放毛鬼鬼走了。

第二天，崔山亮依旧去推他的煤，到下大坡的时候就突然想起毛鬼鬼："也不知道这家伙的说话算不算数？"正想着，突然就觉得车子轻了许多，就像有人替他拽住一样。但他又看不见人，他知道是毛鬼鬼来了，就说："毛鬼鬼，你来了？"

只听得车轱辘底下有人说："俺来了，等了你半天了，俺给你扛着车轮哩！"

从此以后，每天下大坡，崔山亮都感到不用费力气。

又过了数月光景，这天，崔山亮又推着满满一车煤下山，他放心大胆地走下坡来，不想车子一下就窜下来。多亏了他力气大，才没有窜到山沟里去。崔山亮大骂毛鬼鬼说话不算数，"再逮住你非摔死你不可！"他说。

话是这么说，但过后崔山亮就把毛鬼鬼忘了。又过了些日

　　子,突然有两个人来到乌金山大峪口打听崔山亮。那两个人见到崔山亮说:"俺是专门来请你去看病的。"

　　原来离大峪口四十多里的一个小村子里,有个二十来岁的姑娘不知道被什么东西缠住了,病得很厉害。家里什么办法都用过了,就是不见效,病反而越来越重。嘴里不停地唱着:"天不怕,地不怕,就怕大峪口的崔山亮!"所以这两个人就一路打听着找来了。

　　崔山亮一听心里就明白了,原来毛鬼鬼不来帮他拽车,是跑到人家姑娘家捣乱去了。"行!俺正寻它的呢!"崔山亮痛快地答应了来人,于是跟着那两个人来到了姑娘家。一进大门就听见那姑娘唱:"天不怕,地不怕,就怕大峪口的崔山亮……"崔山亮一听,果真是那毛鬼鬼的声音。便急走几步来到那姑娘的屋里，大声喝道："毛鬼鬼，你敢是又到这儿来祸害人，这回我饶不了你！"

那毛鬼鬼一见是崔山亮，吓得尖叫说："不敢了！不敢了！俺走呀！俺走呀！"说着就再也没有了动静。再看那姑娘，仿佛是刚刚睡醒似的，她的病立刻就好了。后来，那姑娘害怕毛鬼鬼再来附她的身，就非要嫁给崔山亮。她的爹娘见崔山亮老实厚道，就把女儿许给了他。

第二章 民间传说

DIERZHANG MINJIAN CHUANSHUO

民间传说也和神话故事一样，是乌金山一笔宝贵的精神财富。这些民间传说大都有生动的故事情节，鲜明的人物个性，富有浓郁的生活气息和地方特色。热情地讴歌劳动人民的生活愿望和理想，赞美他们勤劳勇敢的品质和智慧，是这些民间传说的精神内核。读这些脍炙人口的民间故事，就像饮一杯陈年老酒，让人回味，让人沉醉，同时也让人思考。

三侠槐的传说

榆次赵村的村南早先长着一棵大槐树,人们都叫这棵槐树为"三侠槐"。原来战国时期有三个名震海内的大侠客在这棵槐树下会过面。

相传,秦灭六国以后,燕国的太子丹找到有名的剑侠荆轲,求他到咸阳去刺杀秦始皇,为燕国报仇,仗义的荆轲便答应了。但荆轲知道秦始皇非常厉害,金銮殿上还有那么多卫士,他一个人只身前往怎么能行呢?必须找个帮手才能万无一失。那么他该找谁帮忙呢?荆轲想来想去,就想到了榆次龙王山下田家湾的石空大侠门下有一个徒弟名叫盖聂。石空大侠武艺高超,名震七国。他的这个徒弟更是十分了得,名声不亚于他的师父。盖聂也是榆次聂村人。荆轲想到这里就辞别了太子丹,千里迢迢,从燕国来到了赵国的榆次,寻访大侠盖聂。荆轲来到榆次聂村盖聂的家里,听家里人说盖聂去了赵村,和他的师弟秦舞阳练武去了。荆轲就急急忙忙赶到赵村。在村口荆轲看见两个人正坐在一棵大槐树下闭目打坐,荆轲知道他们是在练习静功。荆轲在旁边等了一会儿,但仍不见二人睁眼。他有些不耐烦,就走上前去说道:"国家将亡,二位怎么还有心思静坐……"

秦舞阳睁开眼看了荆轲一眼。但盖聂却没有睁眼,依然一心一意地练功。秦舞阳见师兄没有睁眼就赶紧把眼闭上。

荆轲又说:"石空大侠是盖世的英雄,他的徒弟怎么就知道闭目打坐,难道你们是和尚?"

盖聂微微睁开眼睛白了荆轲一眼。秦舞阳跳起来大声说道:"哪里来的狂徒,也敢嘲笑俺们兄弟?你好大的胆子,也不打听打听,堂堂石空大侠的弟子也是你可以随便评论的吗?"

荆轲冷笑道:"我倒要见识见识你的本事!"

秦舞阳说:"那就得罪了!"

于是,两人就在大槐树下动起手来。但你来我往十几个回合不分胜负。这时候盖聂站起身来,伸手只一挡,就把两人分开。

荆轲向盖聂拱拱手说:"久闻盖聂是个大侠客,在下荆轲特从千里之外前来拜访。"

盖聂又白了荆轲一眼,仍然没有吭声。

荆轲又说:"我受燕国太子丹的委托,要到咸阳去刺杀秦始皇。荆轲此来就是为了邀请盖大侠与俺一起前往。"

盖聂又看看荆轲,还是没有开口。

荆轲有些生气。他说道:"大丈夫在世就应该扬名后世,你盖聂即便有浑身的本事,但不去建功立业又有何用?"

荆轲一连遭到盖聂的三次白眼,心里很是恼火。"俺还以为盖聂是个英雄,所以千里迢迢前来拜访,不想竟是个胆小的鼠辈!好吧,既然你不敢出头露面,那俺去也,大丈夫死也要

轰轰烈烈！"

秦舞阳见师兄不理荆轲，心里感觉很过意不去。人家不远千里前来相请，去与不去，都应该给人家一个明确的答复，怎么能屡屡给人家白眼看呢？想到这里，秦舞阳说："荆轲，既然师兄不愿去，那我跟你去好了，咱们也让秦始皇领教领教燕赵好汉的厉害！"

说完，秦舞阳拉起荆轲，头也不回地走了。

本来盖聂见荆轲性情急躁，是想磨磨他的锐气，然后与他从长计议刺杀秦始皇的事，但不想荆轲却一点也没有耐心，这怎么能够成其大事？更让他没有想到的是，就连师弟秦舞阳也跟着荆轲走了。二人同样心气浮躁，此去必然凶多吉少。暴秦肆虐，盖聂岂能不知？除掉秦始皇也是他盖聂的愿望，只是时机还不成熟。眼看着二人前去送死，盖聂对刚才不理荆轲的做法也有些后悔，于是赶紧回家安顿了一下，便尾随二人赶往咸阳。但当他来到咸阳的时候已经晚了，荆轲与秦舞阳太性急，他们来到咸阳以后没有停留，就把鱼肚剑卷在地图里，以献图为名来到皇宫。可惜荆轲剑术不精，反被秦始皇所杀。与他一起进宫的秦舞阳也没能幸免，也被秦始皇的卫士抓住送了性命。等盖聂赶到咸阳的时候，他们已经被杀害了。

盖聂没法，只好把秦舞阳的尸体运回榆次，埋到了秦舞阳的家乡韩村，自己就外出云游天下去了。盖聂这一走就再也没有回来。现在，赵村的村南已经看不到那棵三侠槐了，但他们的故事却流传了一代又一代。

盖聂与荆轲

说起秦始皇扫平六国,人们就自然会想起荆轲刺秦王那一段精彩的故事,但其中有一位神剑大侠却鲜为人知,他就是盖聂。

盖聂是山西榆次聂村人,生在武术世家,从小接受父亲的熏陶,练就了一身出神入化的剑术。盖聂不是他的名字,是民间送给他的绰号。盖聂本来姓赵名成,相传赵成十五岁那年,聂村(今属榆次郭家堡乡)、聂店(今属榆次乌金山镇)两村在龙王山(即乌金山)脚下开场比武,周围村庄观者甚众。两村几十名习武青年轮番比试,赵成技压群雄,得了第一。所以村人送他一个艺名叫作"盖聂",即武艺盖两聂(聂村、聂店)之意。盖聂十八九岁时,便在赵国和晋国的武术界名声大振。多少江湖剑侠来榆次与盖聂比武,都乘兴而来,败兴而去。因此,榆次聂村也随着盖聂的名字一起远播。

盖聂虽练得一手神剑,但从不参与江湖争斗。因他性情沉稳,不事张扬,因此很受人们的爱戴,慕名前来学艺的人络绎不绝。

这一天,盖聂正在自家的院中教徒弟习武,家人前来报告,说有一位自称卫国的剑术大师荆轲前来拜访。

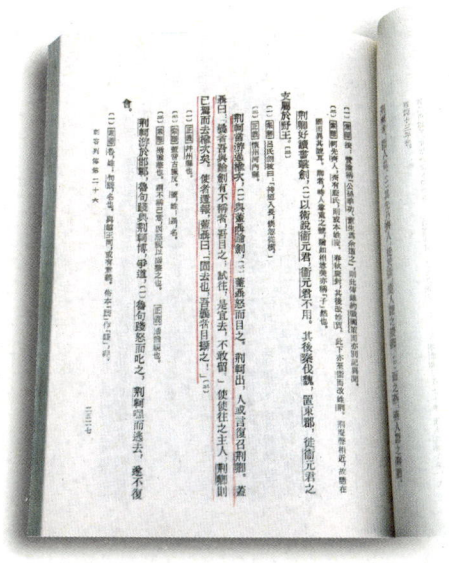

《史记·刺客列传》第26卷

盖聂一听是荆轲,便笑一笑说:"有请!"话音刚落,院子里走进来一个气宇轩昂的人,此人便是荆轲。

荆轲是卫国人,三十多岁,年龄与盖聂不相上下。他出身贫寒,自幼爱打抱不平,满身侠肝义胆,令江湖人折服。他随师学了几年剑术,便身背一口宝剑到处游历,以结交武林中人为乐。荆轲听人说原三晋赵国榆次聂村有个大侠名叫盖聂,剑术十分了得。荆轲怀着极大的好奇心,千里迢迢,来到榆次聂村,想与盖聂论一论剑术。

盖聂把荆轲请到上房,荆轲是一个性急的人,还没等把椅子坐热就起身说道:"久闻盖大侠的威名,荆轲特来求教。"盖聂知道这是荆轲要与他比剑,便也不推辞,就说:"不敢,请到院中切磋。"

于是两人来到院里,各自拉开架势,两位剑侠就在院里动起手来。一时间，剑影如飞，寒光闪闪，只见剑影，不见人形。围观的众徒弟都禁不住拍手叫好。大家正在兴浓之时，忽见荆轲将手里的宝剑"当啷"一声扔在地上，当胸抱拳道："荆轲输了，盖大侠出神入化，荆轲弗如，佩服佩服！"

原来盖聂的剑正指着荆轲的咽喉。

二人又重新回到上房，荆轲侃侃而谈，纵论天下大事，的确不同凡响。盖聂暗暗思忖，此人如果剑术精进，当是治国安邦的大才。

此时，荆轲起身向盖聂深施一礼，并恳请盖聂不吝赐教。盖聂见荆轲态度诚恳，自己又有意给他指点，时间已近正午，便留下他用饭。第二天，盖聂便与荆轲一起登上离聂村不远的龙王山。

龙王山峡谷纵横，满山茂林。在龙王山深处一山壁下有几孔窑洞，时人称为"海窑"。窑洞上是一片开阔的草坪，正是一个练武的好地方。于是，二人并家丁就在这里安顿下来。

但盖聂没有立刻给荆轲传授剑术，而是把他带到一个深谷中。这里有一块巨大的岩石，人称"智慧石"。盖聂让荆轲与他一起坐在石上闭目禅定。谷中松涛阵阵，鸟鸣声声，偶尔什么动物倏然而出又倏然而逝，更加显出峡谷的幽静。

如是一连三天，荆轲再也坐不住了。

这一天早晨，他们二人又来到智慧石旁坐定。荆轲禁不住问道："盖大侠，你每天带我到这里来闲坐，是何用意？"盖聂并不答话，旁若无人。

荆轲见盖聂不说话，心中不悦，又说："似这样坐来坐去，何时能成大业？"

盖聂依然没有搭腔。荆轲有点生气："都说盖聂是一方大侠，原来也不过如此。"盖聂仍旧稳稳地坐在那里，只管入定。荆轲见盖聂不理他，心中愤愤不平，心想："我拜你为师，是想让你教我剑术，你却这样，是何道理？"一气之下，他扭头离开智慧石，顺着峡谷头也不回地走了。盖聂并没有追赶，他想："我一定要磨一磨你的锐气，平一平你的浮躁，否则怎能成大业？"盖聂没有想到的是，荆轲竟然背起他的剑一个人下山去了。等盖聂回到海窑院得知荆轲不辞而别，不禁长叹道："志大才疏，如之奈何？惜哉惜哉！"

却说荆轲离开榆次，就去了赵国的都城邯郸。在车宁的狗肉店里遇到了从前的好友田光。田光也是武林中人，当时在燕太子丹身边为臣。他是受燕太子之托四处寻找荆轲的。

燕太子丹因为行将灭国而恨透了秦始皇，早有刺杀秦始皇的愿望。但他访遍燕国有名的剑侠，竟无一人能担此重任，这让太子丹大失所望。后来听田光说他有一个朋友荆轲是大名鼎鼎的剑侠，可以担此重任。

荆轲以行侠仗义而闻名于世，但行踪不定，于是，太子丹就派田光到处打听荆轲的下落，"踏破铁鞋无觅处，得来全不费工夫"，见到荆轲，田光向荆轲说明燕国太子丹寻找他的因由。荆轲本是一个疾恶如仇、行侠仗义的英雄，因此他不假思索，豪爽地答应了田光。于是，荆轲跟随田光来到燕国，燕王拜荆轲为上卿。公元前227年，荆轲准备行刺秦王。太子丹亲自把他送到易水河畔。临别时，有好友高渐离击筑，荆轲留下了"风萧萧兮易水寒，壮士一去兮不复还"的千古绝唱。

果然，荆轲由于剑术不精而刺杀秦王未成，他自己也死于秦王的剑下。如果荆轲跟盖聂精心学剑，结果或许就是另一番景象。

韩信乌金山访盖聂

韩信，江苏淮安人，西汉开国名将，汉初"三杰"之一，曾被刘邦封为齐王、楚王、淮阴侯等。他上知天文，下知地理，周易八卦无所不知，被誉为军事家，为汉朝的复兴立下了汗马功劳。

韩信众多战例之中，最著名的要数河北井陉一战，在历史上留下了千古美名。汉高祖三年（204年），韩信率领一万新招募的汉军去攻打井陉，以解刘邦之围。因都是招募的新兵，没有作战能力，因此，在赶往井陉路经榆次绿豆湾村时，韩信不得不停下来进行整训。韩信来到绿豆湾村时，因夏天涂河水泛滥，淹没了绿豆湾一带的庄稼，秋天地里颗粒不收。看着村人饿得面黄肌瘦，好多人已饿得卧床不起。韩信便用他的马，驮着粮食一家一家挨着送，这使绿

豆湾村人非常感动。

韩信在绿豆湾村驻扎期间,听说大剑侠盖聂就住在附近的聂村。便带了一队兵丁,拉了三大车的礼物去拜访盖聂。一是想见识一下闻名天下的大剑侠,但主要还是想请盖聂出山帮他打井陉。韩信想如果有盖聂帮助,打井陉就有了把握。毕竟他只有一万余人,要对付赵国的40万众,韩信感觉还是没有绝对的把握。所以,对盖聂就不惜一切代价了。

当韩信怀着满心的希望来到聂村盖聂府上时,谁知盖聂去了乌金山,到水晶院寺庙探望智善法师去了。千军易得,一将难求。为了能得到盖聂这位大侠的帮助,韩信马不停蹄,转头直奔乌金山而去。

秋阳高照,万里无云。这时候时已过午,韩信不顾口干舌燥,饥肠辘辘,率领众人在崎岖的山路上攀登。半下午终于爬上了乌金山的巅峰。回首一望,满山松林摇曳,松涛滚滚;山下涧河滔滔,

一泻千里。

榆次境内有好多河流，但最大的要数沛霖境内的涧河了。韩信对跟随的将领说："榆次山青水美，土地肥沃，真是一个好地方。有朝一日告老还乡，定当在此处安家落户，休养生息。"

韩信登上乌金山的主峰，眼前就是水晶院寺庙。水晶院依山势而建，红墙绿瓦，气势如虹，令韩信非常吃惊。韩信进得山门，见有执事的僧人，便向他打听盖聂的行踪。

其实盖聂来乌金山，就是为了躲避韩信。当他听说韩信率领新军一万多人，驻扎在绿豆湾村整训时，知道他一定会登门请他出手相助。盖聂虽有一身超人的武艺，却从不参与江湖争斗之事。他因厌恶诸侯纷争，把偌大华夏弄得七零八落，民不聊生，因此才隐居家乡，不愿染指政事，只是一心闭门教徒。所以，他听到韩信来到绿豆湾，便离家出走上得乌金山一避。盖聂怕韩信寻到这里来，便预先告知寺

院执事的和尚,就说盖聂从未来过水晶院。

韩信闻得盖聂不曾来水晶院,不由大失所望。但韩信是何等聪明之人,他转念一想便知是盖聂在故意躲避于他。既如此,韩信也便不好强求,他知道人各有志的道理,所以便郁郁地下了乌金山,回到了绿豆湾村。

韩信在绿豆湾村整训一段时日之后,虽不是兵强马壮,但也勉强成军了。为了鼓舞士气,振奋军心,韩信在涧河边修了一座点将台,并进行了声势浩大的阅兵式。然后便率军浩浩荡荡向井陉进发。唐代诗人王涯还专为此事作诗一首:

戈甲从军久,风云识阵难。

今朝拜韩信,计日斩成安。

韩信终于靠自己卓越的军事才能,取得了井陉战役的胜利,成为历史上一个以少胜多的著名战例。现在,绿豆湾村附近还隐约能看到韩信点将台的遗址。

若干年后,韩信被人猜忌有谋反之嫌。刘邦灭了项羽,感觉韩信功高盖主,惧怕将来尾大不掉,于是便有意削弱韩信的权力。汉

高帝十年（公元前195年），韩信被吕后骗到宫中杀死。韩信死后，吕后并没有放过韩信的后人。韩信的后人怕遭吕后的毒手，举家从山东逃到关外，韩信家族成为中国历史上第一批闯关东的人。

此后，随着朝代的更迭，韩信的后人按照先祖韩信的遗嘱，又举家从关外迁到榆次什贴村西定居，并将这个定居点取名为韩家寨。这里正是当年韩信在乌金山看上的那片黄土地。北齐时韩氏族人中有个叫韩轨的人，史书说他少有志操，性深沉，喜怒不形于色。后来官拜大司马，跟从文宣帝高洋征讨柔然，在军中患病逝世，被高洋皇帝封为安德郡王。

安德郡王死后，就埋在韩家寨的村外，此后韩家后代的坟地竟占有300亩地之多。安德郡王的坟墓最大，远看如一座山包。安德郡王墓几经被盗，文物部门整理被盗的墓时挖出一墓志铭，上边详细记载着韩氏家族从山东逃到辽东半岛，又从辽东半岛迁到榆次什贴韩家寨的经过。韩氏家族的墓冢被文物部门认定属北齐的墓葬，是国家一级文物保护单位。据说当年的韩氏墓非常壮观。韩氏墓地附近有个崖头村，相传是韩氏墓地的守墓人世代居住而形成的村落。

什贴韩氏古墓群

庞涓洞与马陵道

乌金山有一条支脉名叫云梦山。传说战国的时候，神人鬼谷子曾在这里采药修道。他收了许多学生，教他们兵法。其中最优秀的有两个人，一个是孙膑，一个是庞涓。

孙膑是齐国人，聪慧睿智，心地善良，在军事上有很深的造诣，著有《孙膑兵法》。

庞涓是魏国人，此人孤横傲世，为人奸诈。庞涓在鬼谷子手下学艺，过了一段时间，便以为自己了不起，几次要求下山。鬼谷子被他纠缠不过，就答应了。他让庞涓临走的时候在山上摘一朵鲜花。此时正值鲜花烂漫的季节，庞涓随便采了一支送给鬼谷子。鬼谷子说："行了，你去吧！不过下山之后要与人为善，切记切记！"

庞涓走后，鬼谷子拿起那朵鲜花，自言自语道："此花名叫马兜铃，有十二瓣，庞涓成事只有十二年，此后恐死于马陵道啊！"说完不禁长长地叹息一声。

庞涓下山以后便来到魏国谋事，后来当了魏国的大将。后率领三军在榆次的峪头村操练，峪头村就成为一个兵寨。村西头一片很大的开阔地就是庞涓的练兵场。现在，尽管沧海桑田，庞涓练兵的事距今已越两千余年，但村民在耕种的时候，有时还会发现那时庞涓的军队遗留下来的箭矢和兵器的残片。

峪头村地势很高，从练兵场回兵寨要爬一道很长很陡的坡。因战马拉运兵器上坡很费劲，庞涓就命兵士在这道坡两边垒起四个大土墩，土墩上放四面战鼓。当战马拉着兵器上不去高坡的时候，士兵便击鼓喊号，催马爬坡。所以这道坡就被叫作"喊马坡"。虽然历经数千年的风雨侵蚀，但喊马坡至今仍在，四个土墩仍历历在目。

在峪头村西、涧河北岸有庞涓洞，传说是庞涓当年练兵的指挥所。20世纪70年代的时候这个洞还在，笔者曾进过此洞。洞很低矮，仅能弯腰行进，徒步七八米即到尽头，内有一张石桌，上面供有庞涓的牌位，上写"供奉庞涓老祖"字样。洞口终年雾气腾腾，显得有几分神秘，可惜"文化大革命"中此洞被炸毁。

在孙、庞斗智中，庞涓使用各种毒计，屡屡陷害孙膑。后孙膑用减灶法诱庞涓于马陵道，使其在这里兵败身亡。马陵道传说就在离峪头村不远的沛霖神堂沟一带。现在从地貌上看，确似当时战争的场面。该地貌成葫芦状，而土山两边都是峭壁，再加上原来这里有茂密的森林，很像当年马陵道之役的地理环境。庞涓死后，葬于榆次西15公里的东贾村。庞涓墓共有三处九个墓冢，墓穴上有长年生宿根的一种植物，当地老百姓叫"绊马草"，草蔓约长5-10米。

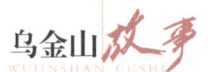

传说当年马陵道战役时，孙膑一夜之间把天下所有的绊马草都集结于马陵道，使庞涓三军不能前进一步，最后庞涓兵败身亡。庞涓死后，这绊马草便在此地生存，在东贾、小张义一带漫山遍野到处都有，而且都是一顺顺朝着马陵道。

孟良抢亲

MINJIANCHUANSHUO

北宋末年，朝廷昏庸，佞臣乱政，四方豪杰报国无门，纷纷占山为王，以待时机。乌金山西平地泉村北有一座山，叫作“佛移山”，这座山沟壑纵横，层峦叠嶂，地势险要，可守可攻，被一位名叫孟良的好汉看中，他便与结义兄弟焦赞带着一帮弟兄，在佛移

古战场遗址

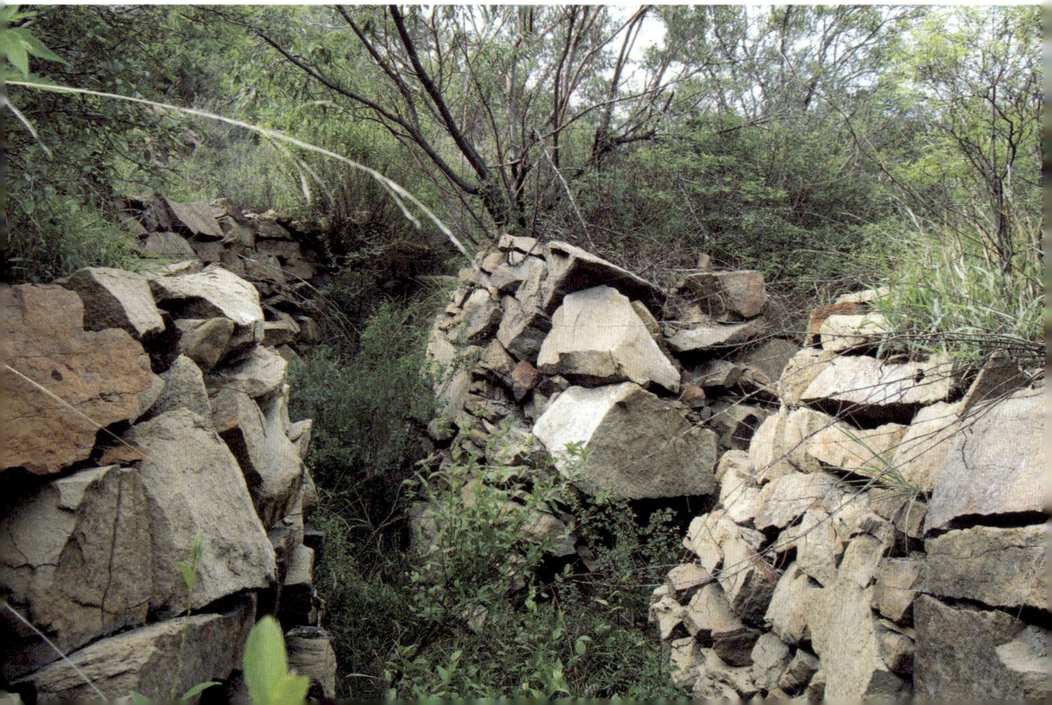

山安营扎寨,招兵买马,当起了山大王。

孟良是个侠肝义胆的英雄,他在佛移山拉起大旗以后,并不去骚扰百姓,而是干起行侠仗义、劫富济贫的事来。人们感念孟良的好处,就将佛移山称为"孟良山",并沿用至今。

孟良毕竟是个凡人,天长日久,心中便生出娶个压寨夫人的念头。"男大当婚,女大当嫁",这也无可厚非。当地的百姓虽然敬重孟良,但他毕竟有一个"匪"名,本分人家嫌这个匪名难听,更为担心的是日后朝廷如果问罪,后果不堪设想,因此都不愿将女嫁与孟良为妻,这使孟良好生烦恼。

副寨主焦赞悉知寨主的心事,就给孟良出了一个主意。

话说乌金山下有一个村庄名叫冀家庄,冀家庄有一个大户人家,人人称当家"冀员外"。冀员外有一个女儿,长得端庄美丽,而且知书达理,焦赞就撺掇孟良娶冀小姐为妻。孟良被焦赞说得心动,于是,二人一起来到冀员外家里提亲。

两个山大王的突然造访把冀员外吓得魂飞魄散。他听说孟良专干劫富济贫的事,心想今天轮到了自己头上,哪里还敢怠慢,急忙吩咐好酒好菜侍候。

焦赞对冀员外说:"你不必害怕,我们来是有一事相求。"

冀员外定一定神说:"请寨主吩咐,只要能办到的老夫一定从命。"

焦赞说:"那好,我们既不要你的金,也不要你的银……"

冀员外心中疑惑:"那你们要什么?"

焦赞说:"我的哥哥孟良寨主要你当老丈人!"

冀员外一听吓了一跳,他立刻就明白了他们的来意,但他哪里

愿意将女儿嫁给一个山大王呢？

"二位寨主，"冀员外说，"你们要金要银都行，只是我的女儿已经许配人家，老儿实难从命。"

孟良听冀员外这么说，心中懊恼，站起身把袖一甩走出门去。

这边焦赞一声令下，众喽啰一拥而上，冲向内宅，把冀小姐抬到门外，塞进预先准备好的花轿里，然后离开冀家庄，沿着鳄鱼山的山路吹吹打打将冀小姐抬回山寨，当晚就拜堂成亲，冀小姐就这样做了孟良的压寨夫人。

冀小姐虽是名门淑女，但想到自己如若不从，老父一定会受连累，况且久闻孟良乃是一条劫富济贫的好汉，于是便认命顺从嫁给了孟良。

这冀小姐自幼熟读四书五经，做了压寨夫人后，一心想让丈夫改邪归正，于是常常规劝孟良尽忠报国。孟良自从娶了这个貌若天仙的夫人，心里非常高兴。他本来是一个粗人，见夫人知书达理，真个是言听计从。于是严格约束部下，不准骚扰乡民，同时加紧练兵，并派探子四处打探朝廷消息，寻找尽忠报国的机会。

功夫不负有心人，孟良最终投到了一代忠良杨家的门下，建立了不少功勋。

孟良归宋

孟良归宋是在乌金山一带流传了数百年的一则动人故事。

话说孟良自娶亲以后,在冀小姐的帮助下,他的山寨日渐强盛,慕名前来投奔的好汉络绎不绝。几年后,恰逢大宋元帅杨六郎率军征辽,杨家军从河南出发北进,这一天走进山西路经榆次,准备取道罕山进军幽州。

杨家军浩浩荡荡向前进发,兵至乌金山流村一带,被一干人马从山上下来拦住去路。为首两员大将便是孟良与焦赞。

六郎杨延昭部下以为是两个山贼,谁知两军交战,杨延昭部下被孟良、焦赞打得大败。杨家军不能前进,杨延昭吩咐安营扎寨,来日再行剿灭。等到第二天,两军摆开阵势,杨延昭发下将令,然后在高处观战。只听阵前杀声一片,敌营中两员大将在阵前纵横驰骋,如入无人之境,六郎部下简直无人可与之匹敌,杨延昭心里不禁对此二人顿生爱意,即刻鸣金收兵,来日再战。第三天,杨延昭亲自披挂上阵,前呼后拥来到阵前。孟良、焦赞更不答话,挺枪直取杨延昭。

两军大战一百回合,杨延昭毕竟武艺高强,孟良、焦赞两面夹攻,竟也难于取胜。二人不敢恋战,虚晃一枪,拨马便走,但被杨延昭拦住去路。

"好汉!通个姓名。"杨延昭说。

"大丈夫坐不改姓,站不更名,俺是孟良!"

"俺是焦赞!"他们俩说。

杨延昭拱手道:"二位将军武艺高强,为何在此落草?眼下,

辽兵犯我疆土,国家正在用人之际,二位有如此身手,应该为国效力,大丈夫志存高远方是正道,二位以为如何?"

孟良问道:"你是何人?"

杨延昭说:"我乃征北大元帅杨延昭是也!"

孟良早就听说杨家将是保国的忠良,再说他多年受夫人冀小姐苦劝,早有投奔宋军、为国出力之意,但多年苦于没有机会。今天虽然机会来临,但又怕宋军轻看了自己,于是便说道:"等俺回去商议以后再说。"

杨延昭也不阻拦,闪开一条路让孟良、焦赞回营。孟良和焦赞回到营寨就与冀小姐商议,冀小姐说:"既然二位将军还有疑虑,那就试一试他们的诚意也未尝不可。"于是,冀小姐当即修书一封,并差人立即送往宋营。杨延昭接到孟良的书信打开一看,随即令人备马。他不听诸将的劝阻,准备按照孟良的要求,不带任何兵卒,

孟良古寨遗址

只身上山前往孟良的营寨。

　　孟良听说大元帅杨延昭果真只身前来，足见其诚。他立刻消除疑虑，率领大小将领迎出寨门。等到杨延昭策马来到寨前，孟良和焦赞便双膝跪倒在杨延昭的马前。杨延昭赶紧下马，一手拉起孟良，一手拉起焦赞，大声笑道："得此两员虎将，本元帅犹如猛虎添翼，何愁辽寇不灭？"

　　于是，孟良在山寨大摆酒宴，庆贺三天，然后一把火烧了山寨，率领全寨人马与宋军合兵一处，经罕山向幽州进发。从此，孟良、焦赞就成了杨延昭元帅帐前的正副先锋官，并在沙场屡建奇功。

　　但可惜的是，孟良山上宏伟的孟良山寨却因此而不复存在。

韩郡王看女儿

　　韩信的后人北齐郡王韩轨膝下生有七郎八虎，但只有一个女儿，韩轨视她为掌上明珠。待嫁之年，千挑万选，最后为她选中了榆次乌金山脚下一家大财主的小儿子为婿。此子排行老九，虽无功名在身，但精明能干，诚实本分，与韩郡主夫唱妇随，彼此恩爱，日子过得非常甜蜜。

　　但家庭大是非就多，特别是妯娌众多闲话就多，难免彼此间你高我低，东长西短。更因为九媳妇的父亲身为郡王，声名显赫，少不得被妯娌们嫉妒。她们有意无意地在郡主面前说些不中听的话。一天，妯娌们又聚在一起，聊起了各自父母时不时来看望自己，如何如何亲热，如何如何高兴。聊得热火朝天，不亦乐乎，唯独韩郡

王的女儿默不作声。这时,大妯娌过来低声问:"老九家的,你爹怎么不来看你?"

四妯娌撇撇嘴说:"嗨!人家父王那是什么地位,还会看得上咱们这样的小户人家?"

五妯娌也接茬儿说:"谁说不是?人家怎么会到咱这穷地方来呀!"

话正说着,婆婆从外面走进来,听得媳妇们这样说,心里也觉得酸酸的。是啊,人家贵为郡王,怎么会看得起咱家?心里想着,嘴里说道:"亲家乃一人之下,万人之上,不来咱家拜访也情有可原。"

大家你一言我一语,把韩郡主说得脸上红一阵白一阵,心里很不舒服。尤其婆婆的两句话,更让她心里不是滋味。

转眼到了春节,郡主夫妇相随回到郡王府拜年。女儿见到父王便埋怨道:"女儿自嫁出门去,这么长时间父王也不来看望女儿,拜访亲家,以至备受公婆和妯娌们嘲讽。父王对女儿太不关心。"说着,竟然掉下泪来。

郡王听了笑着哄劝道:"父王公务缠身,不得空闲。再者实在不愿叨扰亲家。如果是这般原因让女儿在夫家受众人冷眼,这也无妨。过些日子我就去看你,也拜望一下老亲家。"

闪金柏

于是，过了年，韩郡王就给亲家下了帖子，说是要到府上拜访。

果然，这一天村里来了一哨人马，笙箫齐鸣，旗幡招展。金瓜、钺斧、朝天橙半副銮驾，常侍、护卫、御林军前呼后拥。近千人马，浩浩荡荡，开进村来，场面宏大气派。

郡王爷来看女儿，拜访亲家，这下可把夫家忙坏了。且不说如何款待王爷，就是饮牲口的水就把一帮家丁累得死去活来，几乎把井水都舀干了。婆婆和妯娌们也跑前跑后，累得腰酸腿痛。好在郡王只是来看望女儿，拜访亲家，稍作停留，就向亲家告辞。如果郡王要在这里吃饭，那上千人马一顿饭说不定就要吃掉他们三年的口粮。即便如此，光马匹草料就让夫家供应不迭。

好不容易等到郡王告辞，大队人马开出村去，婆婆已经累得躺在炕上不能动弹了。等众媳妇来看望婆婆，婆婆生气地对她们说："再让你们嚼舌头，我一个个撕烂你们的嘴！"

众媳妇听了，一个个面面相觑，只有郡主心里暗暗发笑。

九峰塔的来历

一天早上起床，郡王韩轨的女儿韩郡主在家里发现自己的一只耳坠不见了，便对丈夫说："我的耳坠找不到了，这可是我爹给我的陪嫁。我爹再三嘱咐我千万不要丢失，现在只剩下了一只，这可怎么办呢？"

丈夫听罢，就帮她四下寻找，可他把屋里屋外犄角旮旯找了一个遍，就是找不到妻子的那只耳坠。丈夫便安慰郡主说："不要着

急，等我再给你配一个也就是了，你的那个耳坠看上去也并没有什么特殊，一定能照原样配上的。"

郡主说："也只能如此了。"

郡主的丈夫是个买卖人，常外出到全国各地去做生意。

于是，他就带着妻子的另一只耳坠，下苏杭、走湖广，寻遍了浙、皖、赣、闽、川、云、贵，且不说能否配到耳坠，一路走来竟无一人认识那耳坠究竟是什么材料做的。那只耳坠似金非金，似玉非玉，许多珠宝商人看了那耳坠都摇摇头说没见过。丈夫不能给爱妻配上另一只耳坠，心里很是着急。

这年四月初八，正值乌金山庙会。丈夫随几个朋友上山赶会，他们来到太清宫门前，看到一群人围在一边十分热闹，他们凑过去一看，原来人群中坐着一个算命的瞎子。那瞎子面目清癯，宽额尖嘴，其貌不扬。虽然眼睛看不见，但却神态安详，一脸的高深莫测。只听他口中念念有词："天上事，地下情，过去因，后来果，前三世，后

三生,瞎子心知肚里明。"丈夫心想,看来这瞎子不是等闲人物,不妨问一问他是否认得那耳坠。于是便挤进人群说:"这位师父,我这里有个东西,你给断一断是何来历,如何?"瞎子接过耳坠仔细地摸了又摸,然后站起来拱一拱手,神情庄严地问道:"公子是何方贵人,怎么会有这样的宝贝?"相随的朋友对瞎子说:"他是韩府的郡马。"瞎子恍然道:"哦,我说呢!这就不奇怪了。"郡马问:"难道师父认识这东西?"

瞎子说:"此非凡间之物,只因机缘坠入红尘。"

郡马听罢似信非信:"那么到底是什么东西呢?请师父指教。"

瞎子说:"此物看上去似金,触摸着如玉,但既无金之沉重,又无玉之冰冷,此乃是月中之桂。"郡马忙说:"师父能不能告诉我它的来历?""这耳坠原来是一双,另一只被夫人不小心丢掉了,师父看看是不是能配上?"

瞎子说:"当年吴刚因犯天条,被贬到广寒宫伐桂。玉帝答应

九峰塔

何时伐倒月宫桂树何时开脱吴刚罪孽。那桂树为嫦娥仙子所植,乃天上一神树,一斧头砍下去原本没有多深的痕迹。而斧头拔出,随即复原如初,哪里能伐倒。但那吴刚为了早日解脱罪孽,每日砍树不止,不敢懈怠。只是每隔八百年才可砍下一段小枝。公子的耳坠就是月宫桂树上的小枝做成的。"

郡马一听叹口气说:"看来这另一只耳坠是配不上了。"

瞎子说:"九州茫茫,即便吴刚砍下了树枝也不知会掉到哪里。要配上实在是难,这就全看机缘了。"

郡马说:"师父既然知道这个宝物的来历,想必就有办法让在下找到,请师父指点一二。"

瞎子说:"不敢不敢!待我慢慢算来,看看郡马可有此机缘?"

瞎子掐指一算然后拍一下手说道:"郡马真是大福大贵,今年正好是又一个八百年,八月十五桂树落地,正好落在乌金山鳌头之上,

志村琉璃塔

郡马到时可去寻找。"他还告诉郡马去找的时候要带上这只耳坠，同物见面便可熠熠生辉。

郡马听罢十分高兴，便要以重金相酬，瞎子坚辞不受，说："他日应验，郡马多做一些功德便是了。"

转眼到了八月十五，郡马果真在乌金山找到了那枝坠入红尘的桂枝，然后琢成了另一只耳坠。他想起了瞎子说的话，便捐银在乌金山捡桂处建了一座九层高塔，取名为"九峰塔"。并在塔院附近广植桂花，以谢吴刚砍树之劳。后来不少文人墨客、秀才举子每逢大比之年都要到山上拜祭九峰塔，并折一枝桂花，以求榜上有名。后来人们就把考上进士称作"蟾宫折桂"。据说唐朝女皇武则天的宰相狄仁杰也曾上乌金山折桂，后在唐高宗上元年间金榜题名中了状元。

后来人们传说，那个算命的瞎子原来是文殊菩萨变化而成的。

袁天罡、李淳风不如老娘的脚后跟

唐朝贞观年间，唐太宗李世民手下有两个军师，一个叫袁天罡，一个叫李淳风。两人不仅上知天文，下知地理，而且能掐会算，可知过去和未来，是中国历史上的两个奇人。

话说这一年，两人到全国各地游历名山大川，有一天来到了榆次的乌金山上。此时正值盛夏，天气十分炎热。尽管乌金山是清凉胜境，但也难免口干舌燥。二人走得累了，便在一棵大树下歇脚。这时从前面走来一个老太太，看上去有六十多岁，但老人家精神矍铄，步履轻盈。路中间长着两棵大树，根系交错，枝叶相连，两树干间有一个不宽的缝隙。袁天罡便对李淳风说:"咱俩不妨算一算,看这位老人家会从树的哪面走过来。"

李淳风说:"行!"

于是两人都举起手掐指一算,一个说走东面,一个说走西面。他们眼巴巴看着老人家走到树前,既不走东,也不走西,身体一侧,从树的中间蹭了过来。两人很是惊异,便问老太太:"老人家,你怎么不走树的两面呀?"

老太太笑一笑说:"大路朝天,不走两边!"两人听了四目相望,无言以对。说话间两人觉得饥肠辘辘,便问老太太附近哪里有店家。老太太说:"店家倒是没有,如果两位先生不嫌,我家就在前面不远的冀家山。"

既然没有店家,也不能饿肚子啊!于是,二人便跟随老太太来到家里。老太太问两人想吃点什么,两人说无端叨扰,不拘什么,能充饥就可以。老太太说:"两位先生远道而来,我给你俩包饺子吃吧。"

两人问是不是会很麻烦?老太太说:"不麻烦,不麻烦,很快就好。"

说话间老太太把一把茶壶坐在火上,不慌不忙地和好了面,剁好了馅儿,并给两人面前放好了碗筷,调好了盐醋。这时茶壶的水也烧开了。老太太揭开壶盖,盘腿坐在炕上,背朝茶壶,包一个朝后扔一个,不偏不歪,正好扔到壶里。往里扔一个生的,往外溅一个熟的,溅起的饺子又刚好落到两人碗里,两人都看呆了,竟然忘记往嘴里送饺子。

"你们倒是吃啊!"老太太提醒他俩。饺子很快包完了,老太

太下了炕说:"两位先生慢慢吃,天马上要下雨,我把院子里晾晒的东西拾掇拾掇。"

听老太太一说要下雨,两人又掐指一算,没雨呀!就对老太太说:"天气这么晴朗,我们算出来不会下雨呀!"

他们的话音还没有落下,突然间狂风骤起,阴云密布。两人惊得目瞪口呆,他们急忙问老太太:"老人家,你怎么知道会下雨?俺们怎么没算出来呀?"

老太太说:"两位先生,没什么奇怪的,不过就是凭着两个脚后跟。右脚后跟一发痒,就要刮风,左脚后跟一发痒就要下雨。今天两个脚后跟都发痒,那就又刮风又下雨。"

两人好奇地问:"脚后跟就那么准?"

老太太说:"准着呢!袁天罡、李淳风不如老婆子的脚后跟!晓未来,知过去,难算罕山下时雨。"

袁天罡和李淳风听了,羞得简直无地自容。

和尚开玩笑

　　传说很久以前,乌金山周边几十里都是茂密的松林,人们称为"四十里黑松林"。其中的龙王山、大洪山和要罗山这三座山上分别各有一处大寺院,都是榆次著名的道场。各山寺院里佛祖端坐、菩萨胁侍、天王护法、罗汉林立,栩栩如生。每逢初一十五、大小节庆,各寺内香客盈门、紫气缭绕,佛国圣境,热闹非凡。而三个寺中的和尚因为都是佛门子弟,相处非常亲密。三个寺院约定,无论哪个寺院有事,即以急促钟声为号,彼此相互救援。就这样,三座寺院互相帮助,互通有无,多少年相安无事,香火久盛不衰。

　　这一年,要罗山寺院里的住持和尚圆寂了,新管事的小和尚闲着无聊,突然想起了三方约定。他心想:师父没有了,这约定也不知管不管用?便想试一试,于是他就撞起了大钟。急促的钟声在山间回荡,龙王山和大洪山的和尚听到钟声,急忙集合起来前往救援。等他们气喘吁吁跑去一问,要罗山的小和尚却笑着对他们说:"我是想试试你们,看看我们以前的约定还灵不灵?"两山赶来救援的和尚们一听都很生气,再三叮嘱小和尚以后千万不要开这种玩笑。两山赶来救援的和尚都怏怏不乐,无精打采地各自回山。

　　事过一年,小和尚想起了上次撞钟的事,也觉得没趣。心想:"我惹恼了人家,也不知以后我的寺院里有事人家还管不管?"想着想着,他的心里越发感到没底,便又想撞钟试试。和上次一样,洪亮的钟声在山间回荡。工夫不大,龙王山和大洪山的和尚们又都急急地赶来救援。等他们赶到以后,发现要罗山寺院里没有任何异

常,他们感到奇怪,就问小和尚寺院发生了什么事?小和尚对他们说:"没有什么事,我只是想看看你们还会不会来。"

赶来救援的和尚一听简直火冒三丈,二话不说就各自回山了。

又过了半年有余,有一天要罗山突然失火,火势很快蔓延,眼看危及寺院的安全。小和尚急得团团乱转,他突然就想起了三个寺院的约定,急忙来到大钟的前面,连连地撞钟求救。可无论小和尚怎么撞钟,都不见人来。其实龙王山和大洪山的和尚们都听到了钟声,他们以为又是小和尚开玩笑,所以谁也没有在意。结果火势越来越大,烧红了半边天。这时候,龙王山和大洪山两山的和尚才知道这回是真的出事了。可一切都已经晚了,大火烧了几天几夜,四十里黑松林几乎被烧了个精光,要罗山的寺院也被大火吞没。从此,要罗山就变成了一座荒山。而龙王山和大洪山都在大火中幸免于难,一直到今天依然绿树葱茏。

没德变有德

在乌金山镇有一个名叫郑家庄(2000年撤乡并镇归什贴镇)的小山村,这个小山村住着百十户人家。由于这个村石厚土薄,乡亲们的日子过得都很清贫。但邻里之间互帮互助,显得十分和睦。

村里有个人名字叫郑有德,当年跟着远房亲戚跑了几趟关东,挣了一些钱,成了本村唯一的财主。他有了钱之后,就忘记了当年的穷弟兄们,竟然在村里放起了高利贷。

他对乡亲们的剥削实在是太厉害了,驴打滚儿的利息让村民叫

苦不迭。用他的话来说就叫作"母羊下母羊，三年五只羊"，意思是钱在他手中，三年就能赚回本钱的五倍。因此，他向乡亲们放贷也必须按这个算法计算利息，不出高利息休想借出他的半文钱。就这样，没有几年工夫，郑有德就变成了当地赫赫有名的大财主，而村里的人却一天不如一天，穷得叮当响，常常吃了上顿没下顿。于是，人们送给郑有德一个外号叫"真没德"。

民国二十二年（1933年），郑家庄一带遭了百年罕见的大洪水，全村人都跑到乌金山的一个小山头上避难。穷人们没有值钱的东西，只把粮食吃食带在身边。而郑有德却只顾拿他的金银财宝，收拾了满满一包放在驴背上，也匆匆跟着大伙跑到了那个小山头上。那时候，郑有德虽已是满头大汗，筋疲力尽，但看着许多金银财宝没有被大水冲走，心里还是乐滋滋的。

洪水不大工夫就把小山头包围起来，这里成了一个孤岛。到了

响午时分,大家饿了,就开始埋锅做饭。只是到了这时候,郑有德才发现自己光顾了他的金银财宝,而连一粒粮食也没有带来。望着眼前无边无际的大洪水,实在是后悔不迭但又无可奈何。但转眼一想,他就又把心放到肚子里了。等一两天退了水不就有吃的了吗?一两天哪能把人饿死。因此,每当人们吃饭,他就躲到无人处看着眼前的一片汪洋大水发呆,心里默念着:"老天保佑,快让洪水退了吧!"

但老天没有遂郑有德的愿,一天、两天、三天……一连四天过去了,洪水仍无退意。郑有德实在饿得受不住了,便硬着头皮对大家说:"请卖给我点米面吧!要多少银子都行。"

有一个人对他说:"现在要银子有什么用?不能吃不能喝的,不卖不卖!"

郑有德饿得心里发慌,央求道:"银子日后会有用,救救命吧……"

另一个人说:"要卖也行,可你的这包金银财宝只值一个窝窝头,我借给你三个窝窝头,好保住你的命。但你还欠我两包金银财宝,你要立下字据,一天不还,就再加一成。反正你有的是钱,不差这仨瓜俩枣。你要是不愿意,咱也不勉强。"

郑有德听了,简直无地自容,悔不该当初赚了点钱就变得六亲不认。越想越觉得没脸面对众乡亲,"要知现在,何必当初?"想着,他就不禁长叹一声说:"报应啊报应!"说完,就扔下那包金银财宝,径直朝坡下的大水里走去。

大家见郑有德要寻死,便一拥而上把他拖住。一个老者说:"大家是跟你开玩笑,乡里乡亲的,哪能见死不救?"说着就把几个窝头递到他的手里。

郑有德赶紧接过来说:"我把这包金银财宝都给你……"

那老者说:"要那么多钱有什么用啊?生不带来,死不带去,再说我也不能乘人之危,做那种缺德的事啊!我不要你的钱。"

郑有德听了悔恨交加,止不住泪流满面。

在乡亲们的接济下,郑有德终于渡过了难关。

等水退了,郑有德把积蓄的钱财全部拿出来,帮助村里修桥铺路,开山挖煤,几年光景,村里的人就过上了好日子。从此,人们再也不叫他"真没德"了。

善恶终有报

相传很久以前,在乌金山的西左付村有个奸猾的财主,由于他刁钻吝啬,很难雇到好的佣工。于是他便想出了一个主意,放出"一年耕种十亩地,年终工钱一头牛"的话来。这么一来,到财主家试运气的人来了一个又一个,最后财主选中了附近村里憨厚能干的张诚。

这一年,正好赶上风调雨顺,加上张诚的精心打理,到了秋天地里的收成很是不错。财主和张诚都很高兴。将近年关,张诚欢欢喜喜到财主那里准备领牛过个好年。他来到财主的上房对财主说:"东家,俺来领俺的牛。"

财主装出一脸莫名其妙的样子说:"牛?什么牛?"张诚说:"你说过'一年耕种十亩地,年终工钱一头牛'啊?"

财主又装出一副恍然大悟的样子说:"哦!你是说这个呀?你大概听错了,不是'一头牛',而是'一瓶油',我早就给你准备好了。"

张诚着急地说:"东家,你不能说话不算数啊,你……"

财主立刻变了脸,他说:"好你个张诚,都说你憨厚老实,原来你却是个刁民。想用'一瓶油'赖我的'一头牛'。一瓶油你想要就要,不要由你。再在这里捣乱,咱就惊动官府!"

张诚真是有口难辩,一肚子的火气没处撒,只怪自己少了个心眼,当初没有立下字据,如今只好吃个哑巴亏。

再说这天夜里,水晶院的住持刹手和尚念完经后对小和尚说:

"明天有个上大供者,要好好迎接。"

第二天,小和尚早早起来,洒扫庭院,准备停当,开门迎候。可千等万等,只等来个满身补丁、愁眉不展的人。只见他手里提着一瓶油,这人正是张诚。小和尚很是失望。但却见住持剁手和尚衣冠整肃,降阶相迎。当他听罢张诚的一番诉说,老和尚笑一笑说:"你来世必定荣华富贵。"

小和尚听了差点没哭出声来,但张诚却是满心欢喜。他把那瓶油倒进佛堂的油灯里,就高高兴兴地下山去了。

张诚求佛的消息传到了财主的耳朵里,财主也想到水晶院求佛问卦。

这天剁手和尚照例念完经准备离开佛殿的时候,顺便对小和尚说了一句:"明日有个上小供的。"

第二天，小和尚照例打开寺院的大门准备迎客，不一会儿，他就看见有好几个人推个小车兴冲冲地来到寺院门口。小和尚大喜，来了大施主，他当然高兴，就急忙迎上前去。但剁手和尚却自顾手捻佛珠，嘴里念念有词。来上供的是个大施主，他给寺院送来满满一车油。但不管财主怎么央求，剁手和尚就是一言不发，小和尚甚是不解。等财主走后，小和尚问老和尚为何不吭声，老和尚说："他来世必定瞎驴拉磨，一生受苦。"小和尚很不以为然。

多年以后，剁手和尚乘鹤西去，小和尚熬成了水晶院的住持。几十年里，经常来照应水晶院的正是张诚的后代。而财主家却家道中落，后继无人。剁手和尚的话可以说被一一应验。小和尚看在眼里，记在心头，这才对师父崇拜得五体投地。

据说张诚家里确实曾经有过一头拉磨的瞎驴，那头驴是不是财主转世没有人知道。但大家都说"善有善报，恶有恶报"是不可违逆的天理。

"油篓葬"的传说

中林山和合寺土崖边，有一个口小底大深及两丈的石砌地窖，人称"油篓葬"。

油篓葬与《周易》命理中的六十花甲子有关。相传古代的人们认为，人的生命与六十花甲子周期相同，到60岁时就完成了一生的经历，就应当休息了。于是形成了一种风俗，凡60岁未死者，都不能在家里或者在村里生活，须到村外寻找其归宿。但儿孙们不忍遗弃老人，便在村外荒野处掘一个地窖，让亲人住在地窖里过完余生。一般人家亲人入窖后，儿孙们即开始送饭。并在每次送饭的时候都要带去一块砖，然后连饭带砖，一同吊入窖里。窖里的人吃一顿饭，就在窖周砌一块砖，窖墙砌高了，儿孙便在上边接着砌。直到窖中亲人死去，便封了窖口。由于地窖底宽肚大顶口小，状似油篓，故人称"油篓葬"，也称"活人墓"。

油篓葬葬活人，违背人道，由此引出不少悲惨的故事。如窖中人自知必死自寻短见者有之；因见儿孙不孝，送一次饭即带好几块砖而气死者有之；因野外气候不适，病死者有之。残酷的油篓葬，扼杀了人道，滋长了无道。所幸一件事情的发生，使君王改变了主意，才下令废止了葬活人的风俗，结束了油篓葬的历史。

相传有一天，一个异国的使臣带着一个活物来朝觐君王，并说两日之内，君王大臣、宫中差役，如能认出此物，异国甘愿称臣；否则就反过来，君王必须向异国称臣。异国使臣带来的那个活物，声形似鼠，体大如猪。君王和满朝文武看了又看，想了又想，但都不知道这是个什么东西。于是招来宫中的差役，差役也不认识。情急之下，君王下了一道严旨：次日仍无人认出此物，文武大臣，削官为民，差役人等立刻斩首。

君无戏言，大臣差役无不惊慌失措。特别是众差役，心里更是惊慌。却说众差役中有一个年轻人，他家住在宫外城郊的农村，这个年轻人非常孝顺老人。这一天散差回家以后，即心事重重地去给已经出村的老父亲送饭。突然想起君王的圣旨，心里焦急万分。性命攸关，谁能不着急呢？但他毫无办法，只能听天由命。他的父亲看见儿子闷闷不乐，就问儿子有什么不顺心的事？儿子便把宫中

油篓葬

发生的事情告诉了父亲。父亲听后说:"天地万物,相生相克。该物如若是鼠,体形再大,也必然怕猫。你明日上朝,袖内装一只猫。见到该物后,便捏一下猫,让猫发出叫声。该物听到猫叫后,若现害怕之色,就是鼠,否则就是猪。"

这个年轻人听了父亲的指教,次日上朝的时候,果然在袖筒里放了一只猫。当见到那个东西以后,他便狠狠地捏了猫一把,那猫疼痛难忍,便尖叫一声。谁知异国使臣所带的那个似鼠似猪的东西听到猫叫声,立刻现出惊慌之态,急于挣脱锁链而逃走。于是这个年轻差役当场确认,异国使臣所带之物是一只大老鼠。

鼠大如猪,世所罕见。异国使臣本想给君王出个难题让他屈服为臣,但却被一个小小的宫中差役识破,不禁佩服之至,当场说明此物为千年怪鼠,并心悦诚服,当即俯首为臣。

异国使臣屈服,君王大喜,当即下旨,将年轻差役官升七品,以示表彰。并问他怎么会想到用这个办法辨识那个怪物?青年差役不敢隐瞒,便如实上奏:"这都是家父的主意。"

君王闻奏感叹道:"人老虽体衰,见识胜青年;人老并非无用啊!"于是下旨诏告全国,废除人过六十岁出村的风俗。油婆葬的风俗就此废止。这个故事也一直流传至今。

神笔傅山

相传明末清初年间,傅山先生从晋阳去寿阳,正赶上大伏天,天气又闷又热。快到正午时分的时候,傅山先生正好走到了榆次乌金山脚下的一块瓜地里。当时,傅山先生是又热又累又渴,便径自走进瓜地想买个瓜吃。可是进了瓜地却不见瓜农,左等右等等不来,便自行动手摘了一个瓜,随手摸出两枚铜钱置于窝棚铺上显眼处,自顾解渴去了。

吃得正酣,抬头却见一个年轻的后生立在面前。后生见傅山先生一脸的文气,甚是崇敬,便把钱还给傅山,又挑了个上好的瓜给先生吃。傅山一边吃瓜,一边和后生拉家常。

吃完瓜之后,傅山先生说:"既然你不要钱,那我就给你画一幅画吧。"说着,便向后生讨要笔砚。后生高兴万分,三步两步从村里找来笔墨纸砚,气喘吁吁地送到傅山的面前。

傅山先生铺开纸拿起笔,略一思索,三笔两笔,就见一棵白菜跃然纸上,白菜上还趴着一只蝈蝈。画完以后,先生说:"这张

画可以帮你预测天气阴晴,虫在菜叶上是晴天,虫在菜叶下则是雨天。"后生听了将信将疑。

傅山画完将画交给那个后生以后,就告辞走出瓜地继续赶路。

这一年秋天到了,大家都忙着收割庄稼,打场晾晒。小后生正给一家财主打短工,突然想起先生的那张画,便把它贴在工房里的墙上想验证虚实。

一天,晴空万里,东家吩咐后生打场碾谷子。小后生身体正不舒服,躺在铺上实在不想动,无意间看见画上的蝈蝈趴在了白菜叶的下面。后生很是惊奇,莫非先生说的话是真的?他赶紧爬起来跑到场院告诉东家说要下雨了。

东家看看天,天空万里无云,一碧如洗。

"大白天说胡话,还不快去打场!"东家不耐烦地说。

谁知话音未落,不知从哪儿飘来几块云彩,顿时就遮住了天空,紧接着,雨就从天上洒下来。结果东家摊在场上的粮食来不及

收起,就被雨水淋了个透湿。

东家不信后生的话,结果沤了粮食又费了工。

谁知这雨下起来就没完没了,一连几天淅淅沥沥,下个不停。这一天清早,后生又发现那个蝈蝈爬到了白菜叶的上面。他便急忙去告诉东家,今天是晴天,可以干活了。

东家看看阴沉沉的天空还是将信将疑。但不一会儿就雨过天晴,阳光普照。这一下东家服了。他便问那后生,后生是个老实人,他就一五一十把这张画的来历说给了东家。东家甚是高兴,便说这么好的画贴在工房有点糟蹋,不如贴在他的正房里。

后生虽然不乐意,但他又不敢不从,害怕东家把他辞了,所以就把画给了东家。令人蹊跷的是,画自从贴在了东家的正房里,画上的蝈蝈就不见了,只剩下了大白菜。没过几天,大白菜也由绿变黄,最后就只剩下了一堆枯叶。

荣门武杰的故事

榆次乌金山里有一条沟,名曰大佛沟。大佛沟里有一座庙,叫作大佛庙。早些年大佛庙里住着一个道士,他是榆次荣村人,叫侯树林。因为他排行老三,故而人称"荣村三"。荣村三自幼习武,曾遍访国内的名山大川、高手名师,因此在形意拳上造诣精深。阎锡山曾以高官厚禄请他去为其效力,但荣村三深恨阎锡山,便直言拒绝并愤然到大佛庙出家为道士。荣村三个儿不高,所以当地人又尊称他为"小道人"。荣村三的形意拳修炼得可以说是炉火纯青,据说能前

窜一丈，后纵八尺，能在空笸箩上绕走盘根步法，一个大木杆使得神出鬼没，双掌齐出能削砖碎石。

但凡榆次的老年人都记得荣老拳师当年的一件事。那时日本人侵略中国，榆次沦陷。日军烧杀抢掠，肆意欺凌我同胞。老百姓在日军的铁蹄下受尽苦难。有一天，一小队日本兵路过乌金山大佛沟，正赶上肚中饥饿，只见沟里有一座小庙，像是有人居住，便想到里面找点吃食。他们刚刚走进庙门，就见一个人迎了出来。这六七个日本兵见从庙里走出个身高不满五尺的道士来。其人貌不惊人，但却双目如电，很是威风。日本兵的一个小头目想自己人多，而他却单身一人怕他何来？于是上前喝道："你的，有好吃的，拿来，米西米西！"

道士微微冷笑道："好东西有的是，有两个朋友不答应！"日本人问："什么朋友的干活？"道士双拳一晃说："就是这两个朋友！"

"啊！巴格呀鲁！"日本兵气得大声咆哮，提起三八大盖就要刺来。只见那道士双脚轻点，动作如风，日本兵只见一团拳影闪动，顿觉眼花缭乱，片刻工夫，手里的大盖枪就不知去向。道士冷笑道："谁敢上来？"

七八个日本兵一起涌了上来，但还没有近得道士的身就被抛出老远，狠狠地摔在地上半天不能动弹。日本兵爬起来后一个个面面相觑不敢再上，知道今天遇到了高手，急忙呜里哇啦地叫着狼狈逃窜。这位小道士就是荣村三。荣村三老拳师神功威震敌寇，他的英

名更是远播三晋，投师学艺者不计其数。老人家一片爱国忠心，全部倾注在教授徒弟上，盼着他们将来学成以后保家卫国。

这一日，荣老拳师正亲自执教众弟子练功，突然一个弟子进来报告："师父，听说南京要设擂比武啦！"老拳师还未开口，众徒弟们便嚷开了："师父，机不可失！"

"师父，不能错过这个机会！"

"荣门十虎"个个摩拳擦掌，跃跃欲试。

只见师父沉思片刻开言道："南京比武，不比寻常，先要在区、县、省三级夺标才能上南京。我看还是让郭凤山、侯俊宾二人先去，尔等日后再说。"然后他对二人说："随我来！"二人随师父进庙，荣老拳师又亲授几招绝技。第二天，二人收拾停当，然后拜别师父和众兄弟走出庙门。郭凤山、侯俊宾二人连闯三关未逢对手，获准到南京比武。这一日他们来到南京，比武场上人山人海。高高的擂台上，南拳北腿，百家争雄。各路英雄龙争虎斗难分高下，真是八仙过海，各显神通。郭凤山正要上去一试身手，不想师弟侯俊宾早已飞身登台，须臾间连胜几名高手。但"强中自有强中手"，侯俊宾却被一个高手打败。这一下惹恼了郭凤山，他大喝一声，纵身一跃，轻轻落到擂台上，只三招虎扑就把那人凌空抛到台下。郭凤山体如金刚，功夫过人，把把不离鹰爪，式式不离虎扑，猛冲猛打击败诸多高手。眼看他夺魁在望，却见一人登上台

来，此人年纪不大却是生得精壮。二人过手几招，明眼人就已经看清楚，他们正是强龙遇猛虎，要有一场好斗。果真，二人斗了二十几个回合不分胜负。惹得郭凤山性起，一路虎扑，直逼得对手退到擂台边上，眼看就要坠身台下，那人迎门踏挡，打成了平手，同时得到奖励。

郭凤山和侯俊宾得胜回到山西榆次乌金山大佛沟大佛庙里，不想庙里冷冷清清，只有师父独自打坐。原来他们走后，那几个日本兵记恨当年之事，前来对荣老拳师进行报复，众弟子死的死伤的伤。荣老拳师当时不在庙里，回来后庙里的情景真是惨不忍睹。

"这里不是久留之地。"荣老拳师说。

郭凤山听从师父的嘱咐，在榆次城里开了一家国术馆。那时候，他的一个师弟刘化青已经在北山游击队当了队长，郭凤山受到他的影响，把国术馆变成了游击队的交通站。并在城里通过各种关系搜集日军的情报，然后送上北山。从此，日军出兵，屡遭惨败，他们不知道游击队何以每次都知道他们的行动。

国术馆与北山游击队的频繁来往，逐渐引起日军情报机关的注意。这一日，一队日本宪兵来到国术馆，将郭凤山"请"到了宪兵队，先软后硬，逼他交代与游击队的关系。郭凤山想起被日军杀害的师兄弟，顿时满腔怒火冲向顶门。他踢翻桌子，怒斥敌寇，与众多宪兵好一场恶战。但终因寡不敌众，中弹身亡。一代拳师，为国殉命。噩耗传来，游击队人人落泪，队长刘化青决心为师兄报仇雪恨。

郭凤山为国捐躯，刘化青心如刀绞。他决定率队出征，为师兄报仇雪恨。

这一日夜里，伸手不见五指。游击队趁着夜色悄悄向榆次城进发。

榆次城里万籁俱寂，日本宪兵队部却灯火通明。日本兵正在那里寻欢作乐。这时候门一响，一个日本小头目醉醺醺地从门里走出来。还没等他站稳脚跟，一个人就把他拦腰抱住摔倒在地，只见寒光一闪，那个日本兵哼了一声就再也没有了声音。这时，日本宪兵队的后院突然起火，火光映红了半边天。宪兵队里乱作一团，一些宪兵从屋子里冲出来，迎面响起了爆豆一般的枪响，几个日本兵应声倒下。

这是刘化青的游击队袭击了榆次城内的宪兵队。刘化青知道自己深入敌巢的危险，所以他必须速战速决，尽快结束战斗。

就在他们刚刚撤出榆次城的时候，日本兵已经组织起力量开始追剿。

刘化青按照预先设定的路线，向乌金山一带撤退。这时候，天已微明。在大峪口进山的路上，追击的日本兵又遭到了地雷阵的袭击，死伤惨重。他们不敢贸然进入沟壑纵横、密林蔽日的乌金山，只好抬着死伤的日本兵垂头丧气地缩回榆次城。这一仗打得非常漂亮，刘化青的英名威震太行。日本兵简直草木皆兵，吓得龟缩到城里很长时间不敢出来扫荡，并悬赏千元买刘化青的人头。

有个密探名叫"二蛤蟆"，他不知道怎么打听到刘化青这几天正在山庄头一带开展工作。山庄头位于榆次城东北山区，这里沟壑纵横，地势险要。这一天刘化青正在村里宣传抗日，没料到日本兵突然就进了村。他们荷枪实弹挨门挨户地搜查，刘化青想走已经来不及了。只见街心有一棵合抱的

核桃树,树冠如盖,枝叶茂密,他便纵身跳到树上。谁知天公不作美,一小队日本兵偏偏就坐在这棵树下休息。刘化青在树上非常着急,假若其中的一个日本兵抬起头往树上看看,那可就不好办了。他手执驳壳枪,紧张地望着树下。就在这时,只见军属王大爷一手端着一盘红红的大枣,一手提着一篮鲜桃,满脸堆笑地走到日本兵跟前说:"太君,吃些解解渴!"

日本兵一见就像一群饿狼,涌上前来你争我抢,好不热闹。正在这时,集合的哨声响起,他们匆匆忙忙地离开大树。这时候刘化青才跳下大树,来到王大爷院里。"我的老天爷!吓死我了!"王大爷说。他见到刘队长安然无恙,这才松了一口气。

刘化青在王大爷耳边耳语了几句,王大爷就悄悄地出村去了北山。刘化青来到一个四合院的房顶上,日本兵的头头正在这里休息。刘化青从房上揭起一块瓦扔到了院子里。密探"二蛤蟆"耳朵真灵,他听到声音就说了一声:"有人!"日本兵一听就赶紧来到院里。还没有等到他们看清是谁,刘化青一梭子子弹就出了膛,当时就撂倒了两个日本兵和"二蛤蟆"。然后他穿房越脊,跑到了村外。日本兵赶紧集合追赶。刘化青在前面跑,不时回头打两枪。日本兵一边放枪一边拼命地追。直追到鬼头崖,前面的人影不见了。他们找不到人,就想撤回到村里。不想四周突然枪声大作,原来他们进了游击队的包围圈。日本兵知道中了圈套上了当受了骗,急忙逃跑,结果死伤大半。孤胆英雄,游击队长刘化青又打了一个漂亮仗。

第三章 民俗民谣

　　民俗和民谣都是民族文化的积淀，是民族心理的写真，是民族灵魂的支撑。乌金山一带由于地理环境的孕育，有着它独特淳朴的民间习俗。其中，民俗和民谣是劳动人民生活的艺术再现，是他们对美好生活追求的咏唱，同时也是民族文化、民族心理不朽的根基。通过这些民俗民谣，不仅可以更加准确地把握特定历史时期、特定地域人们的生存状态，而且能够从中得到真、善、美的启迪和陶冶。

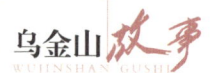

第一节　民　俗

龙王山古庙会

M I N S U M I N Y A O

每年农历四月初八，是龙王山传统古庙会日。会期共三天，会址设在水晶院及院周山上和接神坪。

龙王山古庙会由大峪口、平地泉等八社村轮流组织，庙会内容有接神送神、社火表演、上香还愿等，届时还有戏班在寺院的戏台上唱戏助兴。

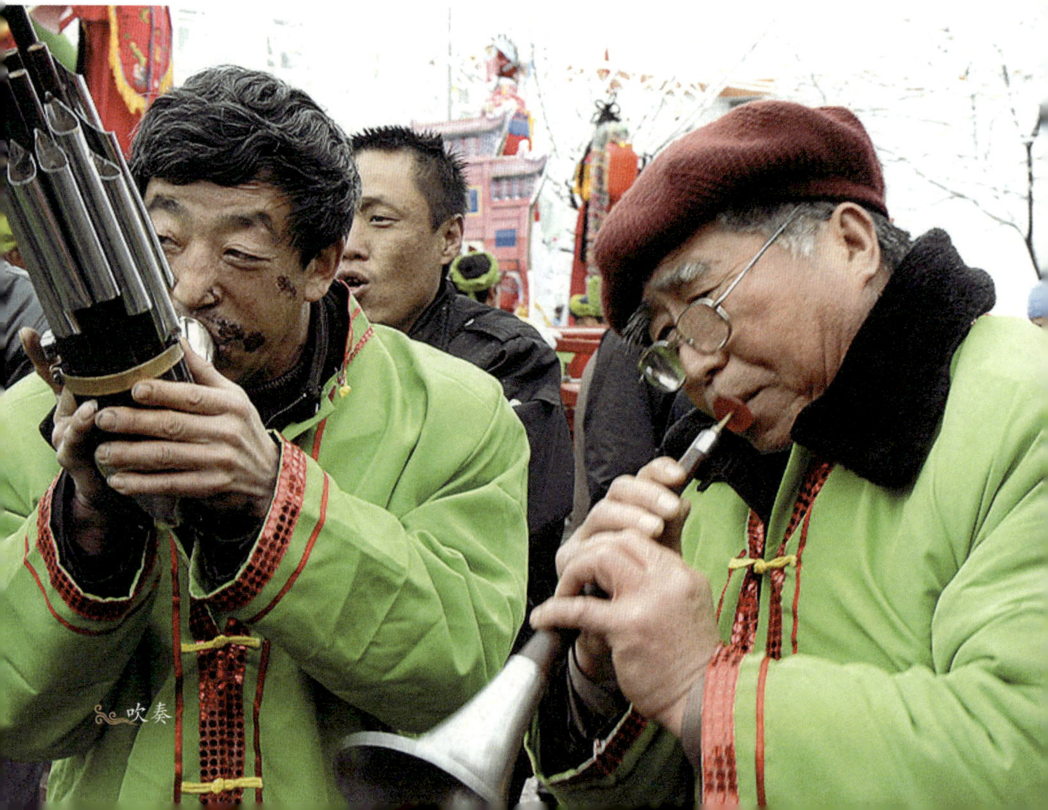

吹奏

舞狮

　　接神送神的仪式在水晶院西的接神坪举行。旧时人们认为供奉菩萨可为村里人带来吉祥。于是八社村每年轮流有一个村从水晶院请一尊菩萨，谓之"请神"。次年庙会之日，该村又将所请菩萨送至接神坪，谓之"送神"，然后由另一社村从接神坪将菩萨接走。这就是接神送神的全过程。

　　接送菩萨的仪式非常隆重，也是庙会的主要内容。接送菩萨的两个社村都各请有吹打乐班、铁炮队、社火班并随队进行表演。特别是在交接菩萨时，乐班、炮队、社火班均在接神坪进行正式表演。届时铁炮轰响、鼓乐齐鸣，好一番热闹景象。特别是耍镲的、抬铁棍的、马戏团的表演，更是技艺精湛，令人叫绝。在各村令人惊叹的精湛表演中完成接送菩萨的仪式。

　　上香还愿的活动一般在水晶院举行。庙会这一天，善男信女们在看罢红火以后，都要到庙中上香礼佛，祈求平安。特别是一些想

求子的家庭，夫妻多要去水晶院的奶奶庙中请愿许愿，得了子女的要去还愿。请愿即根据家庭想添男丁或想添女子的意愿，到奶奶庙中烧香并许愿，然后将庙中的男泥娃或女泥娃请回家中。待生下孩子，如愿以偿后即来庙中还愿。还愿的时候请愿者又将所请泥娃送回，同时抱着自己生的小孩，并在小孩脖子上带上草架架。草架架呈五角或圆形，上插鲜花，垂于胸前，十分漂亮，形成了庙会中特有的风景。

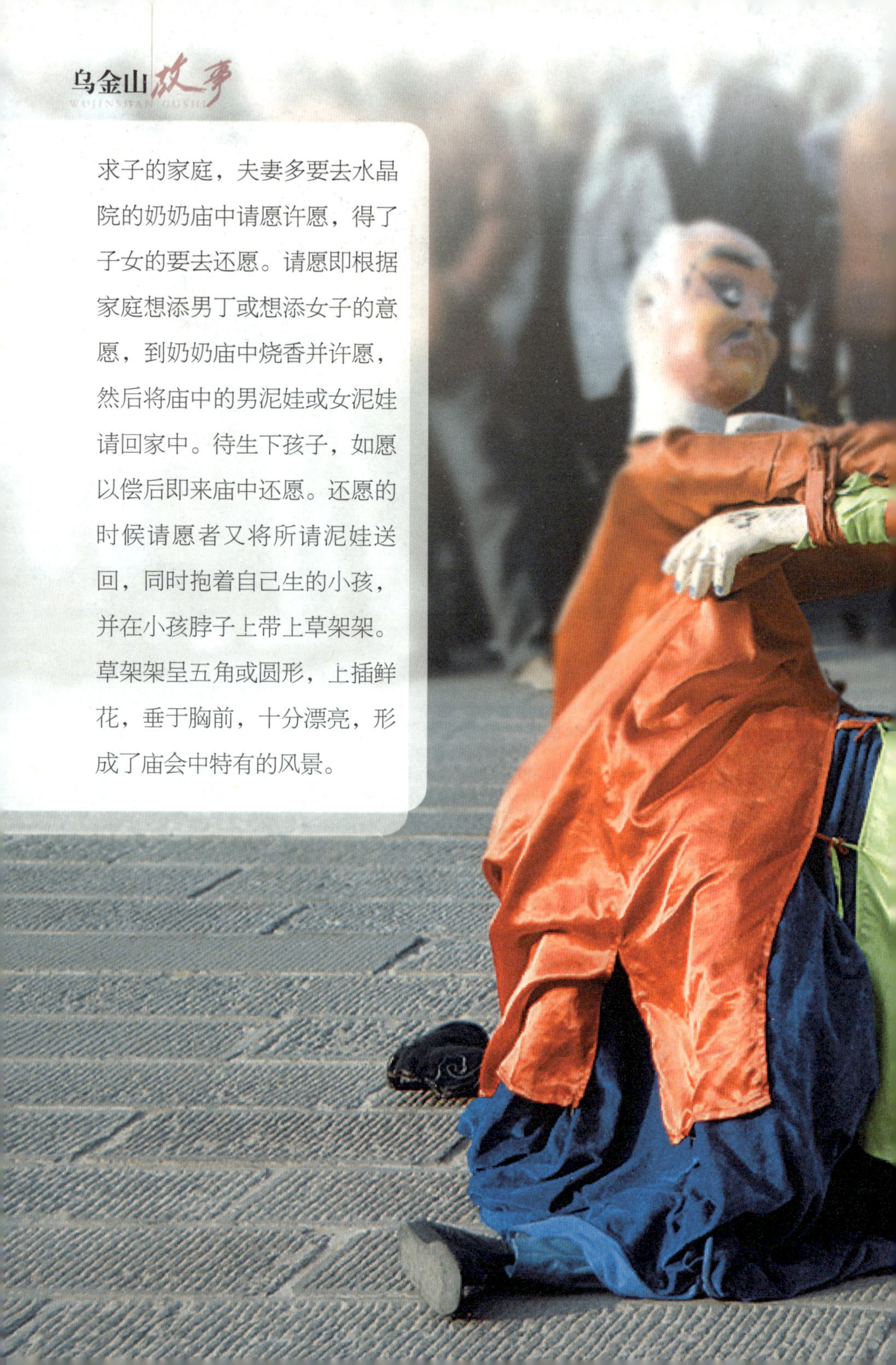

第三章 民俗民谣

庙会这一天，在水晶院前还有小吃、饮食、小百货、山货、农具等各种摊点招徕生意。前来赶会的人熙熙攘攘，摩肩接踵，非常热闹。只是在庙中卖饮食和小吃者，只能卖素食，不准卖肉食。而吃了肉食的人也不能进庙，否则会让菩萨知道，将食肉人如定身法一样定在寺院中不能走动。

二鬼摔跤

紫金山古庙会

每年农历三月廿七是紫金山古庙会日。会址设在紫金山华严寺和东神幡、西神幡两道山梁上。

紫金山古庙会是榆次城北著名的古庙会。由于紫金山位于寿阳、榆次两县交界处，这里古木参天，风景秀丽，华严寺建筑雄伟，香火旺盛，传说神奇，故每逢会期，山周两县村民争相前来赶会。华严寺和东西山梁上万民众集聚，人头攒动，熙来攘往，非常红火。

紫金山庙会首先是社火活动。每至会期，铁棍、大镲、小镲、挖棍、舞龙、舞狮、旱船、懒汉推车、二鬼摔跤、杨老背妻、狮子滚绣球等文武社火纷纷在会场亮相，老百姓看得是兴高采烈，忘记了烦恼，忘记了忧愁。

其次是唱戏。每逢会期，寺庙均要请戏班前来唱戏助兴。台上帝王将相，才子佳人；台下芸芸众生，如痴如醉。

第三是接神送神，即接送文殊菩萨。会期之日，去年今天从寺庙里接走文殊菩萨像的村子在这一天要将菩萨送回庙里，再由另一村接走，这就是送神和接神。

接神和送神仪式非常隆重。送神队伍前有十五门铁炮开路，随后是十四名校尉组成銮驾队，之后是八抬大轿抬着文殊楼，文殊菩萨就端坐其中，文殊楼之后是社火队伍以及游人。送神队伍浩浩荡荡，从山谷一直爬上山顶，然后开始闹红火。最后由接神队伍将菩萨以同样的仪式接走。

紫金山庙会有严谨的组织。组织者为四社村，成员为榆次的东

庙会

蒜峪和要罗村，寿阳县的胡家埕和王家庄。每年庙会由四社村轮流组织。

紫金山古庙会一直延续至新中国成立前。

龙王山祈雨

祈雨是一种迷信习俗，是旧时山民们为了生存而把希望寄托于天神的无奈之举。

旧时每逢大旱，榆次涧河流域的山民们即举行祈雨活动。祈雨也称"拜水"，其方式分文祈雨和武祈雨两种。文祈雨也称"善拜水",地点在龙王山(亦称乌金山)。仪式由高壁村主持,其方法较为简单,只需念经即可。武祈雨也称"恶拜水",地点在紫金山,一般由东蒜峪村主持。祈雨人需肩插铁钩,背横铡刀,头搂铁链,臂插九叶飞刀,情势十分壮烈。

据高壁苏河村八十岁高龄的王三会老先生回忆说,文祈雨程序并不复杂,具体方法是这样的。

1. 请神,也称接神。即决定举行祈雨活动后,高壁村人先到龙王山水晶院,将文殊殿的文殊菩萨请回(即抬回),放入高壁村资圣寺内神台上,然后在地上泼满水,即开始祈雨。

2. 祈雨。安好神像泼水后,六个善友面对文殊菩萨,跪在泼满水的地面上开始念经。念经的善友与菩萨之间放一个开盖的空水瓶,瓶内插一根不点燃的细香,名为验雨香,用来验看是否能祈来雨,祈来的雨有多大。山民们认为,玻璃水瓶(即酒瓶)隔潮,地上的水不会将香浸湿。而地上的潮气只能从小小的瓶口进入瓶中,

祈雨

如进入瓶中的潮气将香浸润潮湿了，则说明祈来了雨；如香没有潮湿，则说明没有祈来雨。至于所祈的雨有多少，则以香潮湿的高度看，如香潮湿一寸高，则表示祈来一寸雨，香潮湿二寸高，则表示祈来二寸雨，以此类推。

瓶内的香插好后就开始诵经文，经文内容以六个善友的文化程度而定。善友文化程度高的，可围绕祈雨内容发挥，多念几句。善友文化程度低的，可将"南无阿弥陀佛"一句反复念读。念经需有节奏，并配有寺庙音乐，声音节奏须配合默契。

3. 验香。六个善友只管念经，祈雨活动组另安排人验雨也称验香。当验香人看到瓶内之香潮湿到要求高度，则可通知六个善友停止念经，开始等待下雨。

4. 还愿。等到老天下雨后，山民即视为祈求应验，则开始唱三天大戏，并闹红火以还愿。三天大戏，可请名班，也可请秧歌班，根据山民的经济实力而定。至于红火，则以当地传统节目"二鬼摔跤""王明和尚逗柳翠"等为主。

5. 送神。唱完大戏后即开始还愿。于是高壁村人将请回的文殊菩萨神像送回龙王山水晶院的文殊殿内，龙王山文祈雨到此结束。

旧时，若逢大旱，老天数月不下雨，不仅老百姓要祈雨，就连县令也要亲自到乌金山祈雨，以示关爱他治下的子民。

县令上山祈雨是对神的哀求，必须有虔诚之心。因此，祈雨的前三天，县令要吃素斋。祈雨当日沐浴更衣后，县令即轻车简从去往乌金山（即龙王山）。来到山前，县令便下车脱去鞋袜，赤脚上山，以示对神的敬重和祈雨的虔诚，同时也显示自己对治下子民的爱护。

赤脚上山祈雨是一件非常艰苦的事，故一旦祈得雨来，官与民都会非常欢喜。据记载，清末榆次县令王有德上乌金山祈雨，返回至石阮村时，雨至，王有德大喜，遂将石阮村的村名改为"沛霖"，并沿用至今。

县令到榆次就任不仅要祈雨，而且还要朝山。从汉唐至明清以来，榆次新任县令上任后都要到乌金山朝山。

朝山活动都在乌金山的水晶院举行。朝山的目的旨在祭拜菩萨神祇，保佑全县风调雨顺，五谷丰登。当然也少不了祈求菩萨神祇保佑自己步步高升的意思。

朝山活动与祈雨活动一样严肃，同样也要先斋戒三日，沐浴更衣。与祈雨活动不同的是，县令不需赤脚上山，朝山活动的规模也比祈雨要大。祈雨要求轻车简从，而朝山却要县衙的所有官吏一律前往。

紫金山祈雨

旧时紫金山周的村民，每逢天旱即到华严寺祈雨，也称"拜雨"或"拜水"。拜水的规模有大有小，有文有武。文拜水即如上面所讲龙王山的祈雨形式，武拜水规模最大的祈雨活动要数东蒜峪村的"恶拜水"，也称"恶祈雨"。由于其形式奇特，气势悲壮，场面浩大，在紫金山周围村民祈雨形式中极具代表性。

紫金山祈雨由许愿、戴愿、交愿、验愿、还愿五个程序组成。

所谓许愿，即是祈雨前两天村民带空水瓶到华严寺烧香发愿心，

西沙沟弥陀洞旧址

内容为：如经祈雨、天赐甘霖、村里要唱大戏三天还愿。发愿心之后，将空水瓶供于佛像前，内竖干香一支，待第三天交愿时验愿。

戴愿即为表示诚心，祈雨人身上要佩戴刑具。东蒜峪进行的是恶祈雨，故称"戴大愿"。

戴大愿者共有三种形式。第一为肩背铡刀；第二为搂头挎腹；第三为臂插柳叶飞刀。

戴大愿队伍后边还有两乘神轿，一个銮驾队、四个鼓乐队（东蒜峪、西蒜峪、王垴村、马垴村各一个）和社火队，其后是随同祈雨的人们。

在祈雨组织者的指挥下，两个腕上缠着白毛巾、手里搬着小凳子的童男（小凳子均由白毛巾包裹并系有红绳）向戴大愿者磕头，然后由童男赤着双脚在前面引路,后面大队人马踏着黄土新垫的山道,伴随着鼓乐,由东蒜峪村浩浩荡荡向紫金山进发。

戴愿队伍来到西神幡即停下,戴大愿人即到华严寺交愿。肩挎铡刀和臂插柳叶飞刀的戴愿者跪在寺门口,由人将刀钩卸下隔墙扔入寺院中,正好击响寺内所放的铜锣为交愿。戴铁链者以链在铜锣上来回拉动发出刺耳的声响为交愿。

交愿后人们将女性未看见过的香灰捂在戴大愿者的伤口上并包扎好,即一同去吃米汤、捞饭、咸菜。组织者前去观察许愿时放在佛前的空水瓶里干香的潮湿程度,潮湿部分长为雨大,短则雨小,此为验愿。

验愿后人们即回村等候。一旦落雨,视为祈雨成功,于是村人便组织唱三天大戏,此为还愿。唱大戏期间,还组织文武社火绕村街与寺庙游行以示庆贺。至此紫金山祈雨的五大程序方告完结。

第二节 民 谣

我家有个抗日郎

我家有个抗日郎,
抗日决心强又强。
郎君他参加了八路军,
抵抗日本鬼子保家乡。

村里的锣鼓满街响,
郎君披红又戴花。
离别父母和妻子,
背上"三八式"上战场。

郎君参军一年整,
立功喜报送家中。
玻璃开花里外明,
你看那抗日军人多光荣。

做军鞋

八路军呀在前方,
后方拥军理应当。
代耕土地打柴火呀,
碾米磨面又运粮。

妇女们来呀做军鞋,
里里面面不掺假。
缝鞋帮子用好布呀,
纳鞋底子用好麻。

军鞋做得呀硬邦邦,
双双军鞋送前方。
子弟兵穿上新做的鞋呀,
消灭鬼子打胜仗。

地雷好像颗大西瓜

地雷好像颗大西瓜，
黑黑的皮皮黑瓢瓢。
刨开地皮埋上它，
专等鬼子来"扫荡"。

鬼子出发来"扫荡"，
地雷"轰隆隆"开了花。
炸死鬼子和洋马，
得了他的洋炮和机枪。

地雷埋在村口上，
专等鬼子来抢粮。
地雷"轰隆"一声响，
朝着鬼子开了花。

地雷埋在大门道，
专等鬼子来要姑娘。
一进大门地雷炸，
"巴格呀鲁"活遭殃。

地雷埋在饭锅旁。
鬼子见饭心里痒，
拿碗揭锅去舀饭，
锅旁地雷要开花。

地雷埋在水井旁，
鬼子绞水来饮马。
一上井台地雷炸，
人马一齐开了花。

麦穗黄

麦穗穗黄来谷穗穗长，
新蒸的馍馍香又香。
拿上手里吃一口，
想起了救星共产党。

春雨下在麦苗苗上，
党领着咱过上好时光。
这样大的好处不能忘，
一辈子紧跟共产党。

旱船歌

（又名"珍珠倒卷帘"，为乡间玩灯、跑旱船、推推车时所唱）

正月里来是新年，
岑彭马武夺状元。
状元夺到岑彭手，
马武倒打九连环。

二月里来龙抬头，
王三小姐上绣楼。
王侯公子千千万，
彩球单打薛平男。

三月里来三月三,
桃园结义弟兄三。
三战吕布虎牢关,
张飞鞭打紫金冠。

四月里来四月八,
梨山老母把山下。
下山不为别的事,
单为弟子樊梨花。

五月里来五端阳,
青白二蛇闹雄黄。
三杯药酒真身露,
吓死许仙一命亡。

六月里来热难挡,
镇守三关杨六郎。
先锋大将是焦赞,
还有一名是孟良。

七月里来秋风凉,
牵牛织女配牛郎。
一年才得一相见,
手拉手儿哭一场。

八月里来月儿明,
魏徵梦斩小白龙。
唐王天子他不信,
龙头高悬挂午门。

九月里来九月九,
孙膑下山骑青牛。
庞涓不顾同师义,
孙庞斗智结冤仇。

十月里来是冬天,
刘全活人到阴间。
下阴不为别的事,
为找妻子李翠莲。

十一月来冰成片,
唐僧取经到西天。
一路多亏孙大圣,
将经取回大唐殿。

十二月里一年满,
彩灯挂在大门前。
男女老少过年忙,
唱支珍珠倒卷帘。

喝糨糊

正月纺线二月走,
三月到了张家口。
四五月,黑头羊儿往回走,
一走走到九月九。
那一年,闰九月,
打了二斗秕荞麦。
荞麦秕,壳子大,
磨儿不快磨不下。
刀儿没刃儿案像瓦,
切下的面条四楞棍。
锅儿不开就下下,
一煮煮到半后晌。
不喝糨糊喝什么?
哈哈哈,
喝什么?

四季调

春天到来闹春耕,
拉粪耕地又下种。
高粱谷子都种下,
五谷杂粮种现成。

夏天到来先收麦,
龙口夺粮莫等待。
收罢小麦种小谷,
回茬豆子和秋菜。

秋天到来谷穗黄,
五谷杂粮上了场。
场上粮食堆成山,
等到秋罢再入仓。

冬天到来天气凉,
财主算盘乒乓响。
账上没有咱穷人粮,
劳动一年无指望。

纺织歌

春风呼呼窜,
燕儿岭上翻。
村南梨花开,
姐妹们纺织勤。
绞起你的纺花车得儿喂呀,
拉开织布机。

纺花车嗡嗡响,
天天纺花忙。
车儿呀绞得快,
线儿扯得长。
纺下的骨朵儿细又光,
一天八九两。

织布忙又忙,
全家好时光。
布儿能卖钱,
还能换油盐。
全家大小吃个饱,
身上穿得光。

抗日政府好,
为咱出主张。
八杈杈的棉花,
人人都栽上。
努力纺花支前线,
打败那日本兵。

弯弯的涧河清清的水

弯弯的涧河清清的水,
人活年轻二十几。
好后生不知有多少,
人里头挑人选中哥哥你。
不爱你的金来不爱你的银,
单爱哥哥好后生。
不扛长工和短工,
亲哥参加武工队。

武工队,真勇敢,
专杀鬼子和汉奸。
撬铁道,炸炮台,
冲锋杀敌你在前。
石榴花开红又红,
做双新鞋送亲人。
你在队上要安心,
解放全国再结婚。

添仓节

添仓爷爷添仓来,
添仓添到俺家来。
俺家的门门朝东开,
碌碡大的元宝滚进俺家来。
黑豆喂了牛,
麻子榨了油,
茭子谷儿满仓流。
再添个黑妮子,
再添个白小子,
一天一顿浇肉面片子。

喜鹊儿喳喳

MINSUMINYAO

喜鹊鹊，喳喳喳，
客人就在半道上。
谁来呀？亲姐夫。
炒鸡蛋，割豆腐。
鸡蛋鸡蛋黄黄，
鸟儿盖起楼房。
燕儿过来扳倒，
雀儿过来扶起。
燕儿唤来什么？
唤个来喜。
来喜来喜吃饭来！

甚的饭？
胡椒杆豆面。
一吃吃了十八碗。
还要吃，没啦来，
去到茅子厕的啦。
脏了花花新鞋鞋，
去了房上晒的啦。
雀儿啄了鼻子啦，
去了火上烧的啦。
烧了半个屄子啦，
去了门旮旯里哭的啦。

眊哥哥

心上麻烦不好过,
站在门口眊哥哥。

眊见旁人眊不见你,
长长的留下两行泪。

倒坐在门槛槛上打了个盹,
不由得想起了心上的人。

想哥哥想得魂出窍,
不小心跌到山药窖。

看见你的身影影听见你的笑,
总算是把哥哥你眊见了。

木萝萝开花

木萝萝开花串蔓蔓,
俺没老婆你没汉。
山药蛋开花五瓣瓣,
你是哥哥的亲蛋蛋。

酸枣开花一坡坡,
妹妹心中有哥哥。
荞麦花开一片白,
俺爱哥哥好人才。

榆树开花打金钱,
咱二人天生一对对。
山丹丹开花满山山红,
除了哥哥俺再没有心上人。

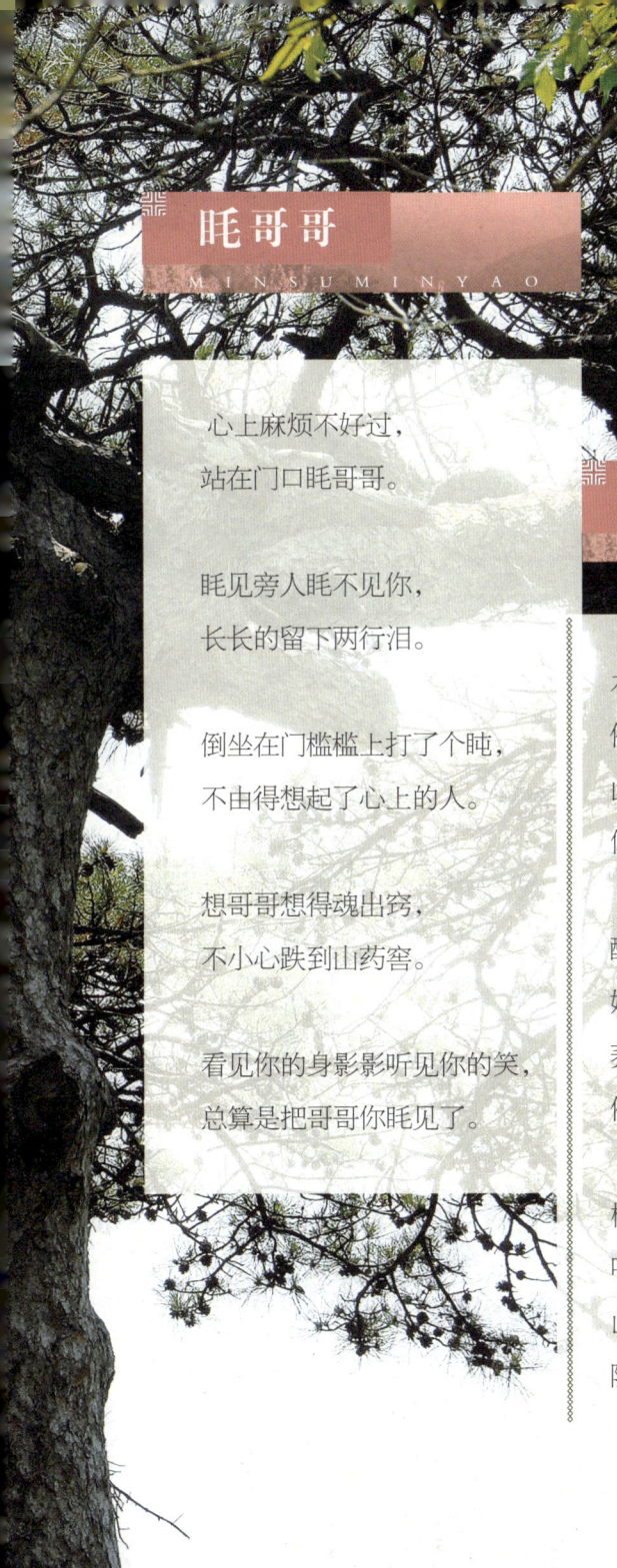

只想着你
MINSU MINYAO

黄瓢瓢西瓜绿皮皮,
心里头想你口难提。

前半夜想你扇不灭灯,
后半夜想你翻不转身。

想你想你真想呀你,
三天俺吃不下半碗米。

长长的面条软软的糕,
一辈子难忘你对俺好。

阳婆婆落在西山底,
不想别人只想你。

附录 大型山水实景剧本《轮回乌金山》

为进一步弘扬乌金山厚重的人文历史，榆次区于2013年初开始筹划大型山水实景剧《轮回乌金山》。剧本由我省著名作家李彦乔执笔，几经讨论，反复推敲。定稿之后，随即展开了服装设计、音像制作、演员招聘和场地搭建等工作。我省著名导演贾宝宝任总导演，经过两年的准备和排练工作，于2015年7月在狂欢谷内九龙湖上演，社会一片赞叹。

轮回乌金山

编剧：李彦乔

序幕

数千或数万年以前。

静谧的夜空，繁星满天，一轮弯月挂在天际，隐隐约约可以看到乌金山起伏绵连的轮廓。

突然，一道亮光划过茫茫长空，那是一颗流星。流星拖着长长的尾巴,从东边天际直奔乌金山而来。

流星裹挟着呼啸的飓风,飓风撕扯着巨大的树冠。

耀眼的强光照亮了乌金山的百里林海,一时间,林海呈梦幻般的金色。

只听"轰"的一声巨响,流星落在乌金山的一个峡谷中。

顿时地动山摇,山崩地裂。

跌落的流星将峡谷冲开了一个巨大的山坳。

一块通体透红的巨石矗立在山坳中。

巨石跌落时激起的滚滚烟尘腾空而起,烟尘在乌金山上空弥漫,遮住了满天的繁星与那轮弯月。

伴着四散的烟尘,峡谷里便腾起一片火光,周围的林木燃起了熊熊大火。

野兽在火中乱窜,飞禽在火中哀鸣。

突然,一道闪电划破长空,闪电仿佛巨龙在天空飞腾。闪电过后便是一声惊天动地的沉雷。

电闪雷鸣中,一场倾盆大雨便从天而降。

大火被大雨扑灭。

黎明。雨过天晴。火红的朝霞在东天边燃烧。乌金山的百里林海沐浴在绚丽的朝霞里。

被烧焦的树木抽出了嫩枝,嫩枝上长出了嫩叶。

峡谷四周的山野又恢复了往日的生机。松鼠在枝头跳跃,鸟儿在枝头歌唱,不知什么动物在林间一闪就不见了。林下,鲜花开放,蜂蝶起舞。

那块巨石就是今天我们看到的天缘谷中巨大的紫气陨石。

解说:"各位游客,欢迎大家到榆次乌金山国家森林公园旅游。(背景:层林覆盖的乌金山。)乌金山是巍巍大太行的余脉,1993年5月,被国家林业部批准为国家森林公园。公园面积约225平方千米,境内层峦叠嶂,沟壑纵横,茂林覆盖,郁郁葱葱,保存完好的原始生态为乌金山创造出了许多如诗如画的自然景观。更有许

多人文遗存为我们讲述着乌金山古往今来的动人故事。（背景：掩映在茂林深处的庙宇。）大家眼前这块天外飞来的巨石就见证了乌金山起伏跌宕的万年沧桑。（背景：天缘谷遮天蔽日的丛林。）

话说隋末唐初，具体是哪一年已经不可考证。一位佛教圣地五台山的云游僧人来到了乌金山上，让我们就从这位僧人说起吧……"

第一幕　金手和尚的故事

（一）

时间：暮春。

地点：乌金山。

一位五台山云游僧人来到乌金山。

乌金山起伏绵连的山脉，郁郁葱葱的林海。

僧人看到一峡谷内紫气蒸腾，霞光万道。

僧人来到飞来峡，看见一块大石矗立在峡谷里。

僧人顶礼膜拜。

幻想着在峡谷的上面盖一座佛寺（幻化）。

（二）

时间：从春到冬。

僧人在村寨里挨门挨户化缘。

僧人的僧衣变旧，变烂，成褴褛的百衲衣。

衣衫褴褛的僧人走到一个大户人家门前，向主人陈述建庙事佛的志向。一向信佛的主人答应帮助他修建寺庙。

管家在主人耳边耳语。

解说："这位僧人立志要在乌金山修建佛寺。但他身无分文，只好在乌金山周围的村寨化缘。风餐露宿，矢志不渝。转眼过去了三个春秋，但距离盖一座寺院的费用还相差甚远。这一天，他来到一个大户人家的门前，向主人诉说修庙事佛的志向。主人一向乐善好施，答应帮助他完成夙愿。但管家怀疑僧人有假，问他：'怎么

能证明你不是以修庙为名而诈取钱财？'僧人没有办法证明自己的志向。他回头看到主人院子的窗台下放着一把柴刀。当即走过去拿起柴刀，并将左手置于台阶上，然后说道：'以此证明，你看如何？'说完，手起刀落，将自己的左手砍下。主人大惊，深怪管家多嘴，赶紧替僧人包扎。但僧人断臂处竟无鲜血流出。主人以为神人，遂赠银百两。这个断臂的僧人便是乌金山宗教活动的开山鼻祖——清远大师。"

（三）

地点：山坡上。

（特技）乌金山飞来峡西的一块缓坡上，盖起了一座寺院，名曰"水晶院"。

（四）

初春的一天。水晶院庙门前。

一位妇人贫病交加，蹒蹒跚跚来到水晶院庙门前，并躺倒在台阶上。清远听到呻吟声，便走出庙门探看。

清远："阿弥陀佛！"

解说："清远看到一位妇人躺在庙门前，顿时便大惊失色。他俯下身去查看，见那妇人面色憔悴，汗流浃背，已经没有力气说话，她只是抬手指指自己鼓起的肚腹。清远想，这妇人难道是要生产？这可难坏了他。一个和尚，怎么能给一个素昧平生的女人接生啊？但那妇人已经疼痛难忍，看来马上就要临盆。清远顾不得多想，急忙用残缺的双手将妇人抱起，匆匆来到禅房，将她放在自己的床榻上。然后他匆匆来到大殿，向观音菩萨焚香叩拜。而后又急忙来到灶房，添锅烧水，准备为妇人接产。"

身穿百衲衣的清远吃力地端着一个盛满热水的木盆走进禅房。

一声婴儿的啼哭惊天动地。

（五）

清远穿短衣端着盛满血水的木盆走出禅房，将水泼到几棵高大的柏树下。柏树竟发出熠熠的光辉。这就是乌金山闪金柏的来历。

清远扔掉木盆，将右手举到胸前。

清远："阿弥陀佛！"

（六）

清远回到禅房，发现炕上刚刚生产的妇人已不知去向。

清远四顾。

被百衲衣覆盖着的婴儿仍在，但却毫无声息。

清远小心地掀开自己的百衲衣，里面哪有什么婴儿？只见一道金光钻到清远空荡的袖口。刹那间，清远的断臂竟完好如初，只是手臂变成了金色。

清远如梦方醒，赶紧就地跪下。

清远："阿弥陀佛！弟子愚钝，我佛慈悲！"

解说："这或许是一个神话，但这个神话却有着不同寻常的意义。而清远确有其人，生于隋末唐初，是乌金山宗教信仰的开山鼻祖。"

（七）

清远带着两个年轻的徒弟来到飞来石前焚香叩首。

礼毕，清远对徒弟说："这座飞来神石来到这里已经不知千年万年，我佛慈悲，将这座神石置于此处，就是要让它见证乌金山的历史沧桑，并告诫天下苍生，善恶终有报，天命不可违。"

解说："各位游客，让我们再从2400多年前的战国时期说起。那时候，七国鼎立，烽烟四起，群雄逐鹿，而秦国欲横扫六合一统天下。燕国的太子丹预感国将不保，便拜卫国剑侠荆轲为上卿，委托他赴秦国刺杀秦王。荆轲终因剑术不精而刺秦未遂，自己反被诛杀。这就是历史上著名的荆轲刺秦王的故事。而人们大多不知道荆轲刺秦与乌金山的这块飞来石有什么关联。据《史记·刺客列传》记载，荆轲在刺秦之前曾经来榆次拜会著名剑侠盖聂，乌金山这块飞来石就是见证，现在就让我们揭开这一段鲜为人知的史实吧……"

第二幕　盖聂与荆轲

（一）

时间：战国末期，烽烟四起。

地点：路途。

荆轲身背宝剑风尘仆仆，周游列国，以结交天下豪杰。

荆轲飘逸而去，消失在山林中……

解说："荆轲是战国时期卫国人，他为人慷慨侠义，且素有大志。曾周游列国，以结交天下豪杰为乐。公元前223年，荆轲来到赵国的榆次，意欲结交闻名天下的剑侠盖聂。盖聂是战国时期赵国所辖榆次乌金山脚下聂村人，曾以出神入化的精湛剑术而名噪列国。《史记·刺客列传》有云：'荆轲尝游榆次，与盖聂论剑。'（背

景：翻开《史记》，《史记·刺客列传》中关于荆轲来榆的记载：'荆轲尝游榆次，与盖聂论剑……'）'论剑'者，切磋剑术也。盖聂敬重荆轲意欲日后佩戴相印的远大志向，更钦佩其一身侠肝义胆的豪迈气概，但又深为其心浮气躁的秉性，与不求精进的剑术而担忧。荆轲的榆次之行，为其日后刺秦埋下了不祥的伏笔。这一天，正值仲春，盖聂正在乌金山飞来石前教授众徒弟剑术，荆轲前来求见……"

（二）

时间：仲春。

地点：飞来石前。

在众徒弟的簇拥下，盖聂舞剑。剑光闪闪，寒气逼人。

众徒弟集体舞剑。

盖聂的一个徒弟来到盖聂的跟前，与盖聂耳语几句。

解说："有请荆轲大侠！"

荆轲器宇轩昂，来到盖聂面前。二人见礼并坐在飞来石旁的石凳上，众徒围在一边。

荆轲口似悬河与盖聂议论剑术，盖聂不动声色。说到兴浓处，荆轲拔剑起舞。

舞毕，荆轲邀盖聂比剑，盖聂摇头不语。

荆轲坚请。

盖聂起身与荆轲比剑。盖聂以逸待劳，三个回合，盖聂的利剑直指荆轲的咽喉。荆轲不服，又被盖聂利剑指向心窝，如是者三。荆轲弃剑拜在盖聂脚下。盖聂扶起荆轲。

　　飞来峡内，绿树葱茏。

　　飞来石上，盖聂居左，荆轲居右，二人开始打坐。

　　解说："盖聂为了磨砺荆轲浮躁的心性，特意与荆轲在飞来石上一起打坐。"

　　太阳当头，知了在枝头鸣叫。

　　日落，乌金山沐浴在霞光里。

　　深夜，星斗满天，天缘谷静谧异常。远处传来几声凄厉的鸟鸣。

　　二人仍然在大慧石上打坐。

　　雷电交加，大雨如注。盖聂仍然纹丝不动。荆轲烦躁。

　　早晨，风停雨住，一道彩虹出现在乌金山上空。

　　解说："荆轲坐得不耐烦，他站起身来，要求盖聂传授剑术。

盖聂不予理睬，继续闭目打坐。荆轲不悦。荆轲在飞来石上向盖聂倾诉佩戴相印的远大志向。盖聂仍不为所动，继续打坐。荆轲愤然跳下飞来石。盖聂斥责道：'荆轲啊荆轲，你这般心浮气躁，安能成大事？'荆轲不听，愤愤地走出丛林。盖聂继续打坐，以为荆轲必会醒悟归来。良久，有徒弟来报，说荆大侠走了。盖聂问：'为什么不拦下？'徒弟说：'我们相留，但荆大侠连头也不回，自管下山去了。'盖聂不禁仰天长叹道：'惜哉！惜哉！'"

（三）

深秋。

荆轲与燕太子丹、高渐离聚易水之滨。

地上铺毯,毯上置酒具,三人痛饮。

酒至半酣,荆轲仰面对天:"如果赵国榆次盖聂能助我一臂之力,刺秦当定能成功!"

太子丹:"我即可派人去请盖聂!"

荆轲黯然道:"唉!恐怕他不肯来……"

太子丹:"我可以许以重金……"

继而,高渐离击筑,太子丹击掌,荆轲拔剑起舞。

解说(歌声):"风萧萧兮易水寒,壮士一去兮不复还。探虎穴兮入蛟宫,仰天呼气兮成白虹!"

歌声悲壮凄凉。秋叶纷纷落下。

（四）

燕国信使快马加鞭赶往榆次。

（五）

地点：盖聂自家大院的那棵大槐树下。盖聂与众徒练剑。

一门徒来报："有燕国信使求见。"

信使见盖聂，跪地，双手将一册竹简献给盖聂。

盖聂看信惊讶："这是天大的事啊！"

信使："事成，太子将有重金馈赠……"

盖聂："你家太子小看我了。秦王暴虐，灭秦乃天道，必天下归心！只是荆轲浮躁，怎能担此大任？你速速归去，劝住太子与荆轲，我随后就到。"

（六）

翌日，盖聂快马加鞭连夜赶往咸阳。

（七）

地点：咸阳。秦王宫。

解说："但还没等盖聂赶到咸阳，荆轲即与燕国武士秦舞阳就进了秦宫。荆轲与秦舞阳各捧一个木匣，荆轲木匣内装樊於期的首级，秦舞阳木匣装有燕国督亢的地图，图内藏有匕首。樊於期是秦王必欲杀之而后快的秦国叛将，燕国督亢是秦王志在必得的土地，这两件礼物都是秦王所早已垂涎的。"

秦王宫内，荆轲献樊於期的首级。秦王大悦。

荆轲从秦舞阳手里接过另一个木匣走到秦王面前，并打开木匣，拿出地图，展开。

秦王趋前观看。

图穷匕见。

秦王大惊，荆轲刺秦，秦王躲过，荆轲持匕首追赶。秦王拔佩剑，佩剑长，一时难以拔出。秦王慌乱，躲在柱子后面。一御医将药箱投向荆轲。荆轲躲避不及，砸中，差点摔倒。秦王趁势将佩剑自背后抽出，并刺中荆轲大腿。荆轲倒地。荆轲顺势掷匕首刺秦王，不中。众武士赶到，将荆轲与秦舞阳团团围住，二人寡不敌众，死于乱刀之下，并被斩为数截。秦王令将二人弃尸于荒野。

解说："等到盖聂赶到咸阳，荆轲与秦舞阳已经被秦王所杀。盖聂捶胸顿足，仰天长叹。他只好着人趁夜将二人尸体悄悄葬于咸阳附近的蓝田，然后怅然离去。后人曾为荆轲树碑，碑上刻有

楹联:'深入狼窝,壮士匹夫生死外;心存燕国,萧寒易水古今流。'以示纪念。此后,秦王将盖聂视为荆轲的同党而通缉。盖聂埋葬了荆轲与秦舞阳后便连夜潜回榆次,在飞来石前为荆轲设祭。盖聂跪地三叩,并大哭一场,哭声在乌金山上空回荡。为了躲避秦王的追捕,盖聂离开家乡,云游四海,从此销声匿迹。"

歌声起:"深入狼窝兮,壮士匹夫生死外;心存燕国兮,萧寒易水古今流。"

（八）

盖聂身背宝剑，消失在乌金山的丛林里……

解说："918年至950年间，乌金山这座飞来石又见证了一个皇帝的传奇姻缘与一个朝代的兴衰。这个朝代就是五代十国的后汉，这个皇帝就是后汉高祖刘知远。此时距离荆轲刺秦的时间已经过去了1160余年……"

第三幕 刘知远传奇

（一）

时间：918年。

解说："刘知远是乌金山脚下左付村人，其父刘琠曾在晋王李克用帐下效力，后来战死在了疆场。刘知远立志子承父业，投军报效国家。此前，他曾跟着水晶院佛寺高僧玄云大师学得一身好武艺，但投军以后不被重用，被安排在榆次的守备兵营里饲养军马。榆次是太原的门户，一向为兵家所倚重。有一天，刘知远与其他兵丁正在榆次北郊的草甸里放牧军马。突然，一匹枣红马不知受到了什么惊吓，它扬开四蹄向北狂奔而去。刘知远随即跃上一匹白马，扬鞭追赶，一直追到鸣李村口……"

背景：绿色的旷野。

枣红马在前面飞奔，刘知远骑白马在后面紧追。两匹马蹄下扬起一片轻尘。

鸣李村口。大槐树下的井台上，一位妙龄女子正摇着辘轳从井里汲水。一个盛满水的木筲放在井台上。女子刚刚将另一只水筲从井里提出放下。就在这时，一匹枣红马飞奔而来，停在了井边，低头将嘴伸向一个水筲饮水。刘知远骑马赶到，跳下马来，白马也低头伸向另一个水筲。女子爱恋地摸摸红马，又摸摸白马。

刘知远站在井台边，凝神地望着那少女。

女子长得太漂亮了。

女子抬头看见了刘知远，羞涩地打量眼前这位军卒。

刘知远长得一表人才。

二人一见钟情。

解说："这位女子名叫李三娘。就此，军马为媒，成就了刘知远与李三娘一段传奇姻缘。"

（二）

两匹马在山路上奔驰。骑白马的是刘知远，骑红马的是李三娘。

刘知远与李三娘登上一座山坡。从山坡上可以看到掩映在绿树丛中的<u>水晶院佛寺</u>。

刘知远与李三娘纵马来到飞来峡。

飞来峡内绿树葱茏,静谧幽深。

刘知远与李三娘在饮马双泉前下马。

刘知远与李三娘来到飞来石前。

刘知远:"知远今生非三娘不娶。"

刘知远挽着李三娘跪在了飞来石前。

这一年是920年,刘知远25岁。

(三)

时间:四年以后。

地点:榆次兵营校军场。

解说:"923年,后唐取代后梁,建立了五代第二个王朝。同光二年(924年),正值仲春时节,河东节度使石敬瑭专程从太原来到榆次兵营,观看一年一度的军中比武。看台的台柱上挂着一副银白色的缀鳞铠甲,这是对获胜者的最高嘉奖。有幸获得此甲者,将有机会成为节度使身边的部将。"

守备兵营的官兵都聚集在校军场上,锦旗飘扬,战鼓雷动,喊声震天,比武正如火如荼。刀枪剑戟,寒光闪闪,你来我往,利刃铿锵。

一营官技压群雄,打败了所有挑战的将校。

营官扔下手里的兵器,雄赳赳来到看台边,纵身跳上看台,伸手就要摘取挂在台柱上的缀鳞铠甲。

坐在看台上的河东节度使石敬瑭高兴得仰面大笑。

"等等!"队伍里传来一声呼喊。随着喊声,一个年轻的兵卒大

步流星来到看台前,也纵身跳到台上。"铠甲应该归我!"兵卒说。

营官:"除非你胜了我手中的双锏!"

两人跳下看台,在校军场内厮杀起来。刘知远使长枪,营官使双锏。二人你来我往,杀在一处。

营官不支,被刘知远一枪杆打翻在地,营官的双锏飞出老远。刘知远的枪尖直指营官咽喉。营官不服,取饿虎扑食之势直奔刘知远。刘知远扔掉长枪,两人赤手空拳再战。不几个回合,营官又被刘知远踢翻,半天爬不起来。

校军场上一片惊呼。

刘知远跳上看台,摘下缀鳞铠甲,当即披挂在身。

石敬瑭:"好一员虎将!你就跟在我身边吧!"

(四)

解说:"自此以后,刘知远就在石敬瑭的身边效命十几年的时间,出生入死,身经百战,并曾在危难时刻挺身而出,两次救过石敬瑭的命。936年,石敬瑭在契丹的帮助下夺取了后唐的天下,建立了五代的第三个封建王朝,史称后晋。作为交换条件,石敬瑭答应年年给契丹称臣进贡,还把燕云十六州拱手让给了契丹。不仅如此,他还要称比他小十岁的契丹王耶律德光为父,石敬瑭成为历史上被万人唾骂的'儿皇帝'。刘知远对石敬瑭奴颜婢膝,向契丹割地进贡称臣称父的行径极为不满,力劝其改弦更张。但石敬瑭不但不听,反怀疑刘知远对他怀有异心。刘知远不得已便以母病为由离开都城开封,回到太原。"

乌金山水晶院佛寺。

刘知远与李三娘纵马来到水晶院。水晶院的僧众在寺院门前迎接这位河东节度使与他的夫人。

刘知远与李三娘在观音阁为观音菩萨焚香膜拜。

（五）

解说:"942年,石敬瑭崩,其养子石重贵继位,是为出帝。刘知远极力规劝石重贵脱离契丹,石重贵允诺,从此不再向契丹进贡,并向契丹讨要燕云十六州。契丹主耶律德光大怒,944年,耶律德光率军欲取道太原南下征讨石重贵,刘知远作为幽州道行营招讨使,在忻口大破契丹军,之后又在朔州阳武谷再破契丹。（背景:刘知远在忻口大战耶律德光。刘知远着银白缀鳞甲,使长枪,在敌营中左突右冲,如入无人之境。耶律德光大败,契丹兵四散奔逃。刘知远纵马追赶耶律德光,契丹将拼死护驾,耶律德光才得以逃脱。）刘知远威名大振,耶律德光再不敢从太原过路,而是绕道幽蓟南下攻入开封,947年正月,石重贵投降契丹,后晋灭亡。耶律德光建立辽朝,在开封称帝。同年二月,刘知远为对抗辽朝而在太原称帝,建立了五代的第四个封建王朝,史称后汉。"

地点:太原,皇宫。

刘知远登基大典。

文武百官朝贺,山呼万岁。

太监:"宣李三娘上殿!"

李三娘盛装上殿,跪在端坐在龙椅上的刘知远面前。

李三娘:"吾皇万岁万岁万万岁!"

李三娘被册封为皇后。

(六)

解说:"次年,即948年,刘知远命胞弟刘崇留守太原,自己率大军南下开封,讨伐耶律德光。临行前,刘知远特意与皇后李三娘带领文武百官临幸乌金山,并来到飞来峡,在飞来石前举行隆重的辞山仪式。水晶院佛寺僧众在飞来石前摆下香案,刘知远与皇后李三娘拜别见证了他们传奇爱情的这座飞来石。文武百官也依次叩拜。而后,刘知远率大军南下,一路所向披靡,天下归心。"

地点:飞来峡飞来石前。隆重的辞山仪式。佛乐齐鸣,僧众诵经。

刘知远与李三娘叩拜。

文武百官跟在后面叩拜。

观看的百姓也跪下来。

刘知远率大军南下。

(七)

解说:"耶律德光听说刘知远起兵南下,直奔开封,早吓得没了主意。深知刘知远厉害的耶律德光决定放弃中原而北归。948年

夏天，耶律德光仓皇逃出开封，一路上受到各地军民的不断袭击，不几日，军卒与辎重便损失大半。耶律德光心急如焚，再加天气炎热，走到半途，他便染下了急病。勉强走到今河北栾城地界便一命呜呼。而当刘知远的大军长驱直入，来到开封城下的时候，耶律德光留下的守城官员大开城门，刘知远没有受到任何抵抗就进了开封城。"

地点：开封。

刘知远大军浩浩荡荡开进了开封城。

（八）

地点：皇城内。

投降了辽朝的原后梁官员各怀鬼胎，战战兢兢地站在皇城大道

盖聂："世事如烟，转眼间2200多年就过去了。遥想当年，如果荆轲能老老实实在乌金山这座飞来石上坐上三天三夜，然后静下心来学剑，那么，在秦宫死于非命的就不应该是他。如果诚如此说，中国的历史就一定会改写……"

解说："其实不然！即便荆轲刺秦成功，也改变不了天下一统的大趋势，就如同没有人能阻止长江流入大海一样。没有了秦王，一定还会有其他的人担当起统一天下的重任。秦王吞并六国，最后建立了中国第一个封建王朝，或许他那时只是为了一己之私。但客观上却结束了战国纷争的局面，出现了中国历史上第一次全国的统一，这无疑是一个巨大的进步。当然，我们无意贬斥荆轲，即便刺秦没有成功，也不妨碍荆轲成为被世人景仰的英雄，这里没有是与

非,也没有对与错,这就是历史的悖论。"

盖聂走向乌金山茂密的丛林。

从大慧石上走出刘知远与李三娘。

刘知远:"可惜我刘知远转战半生,好不容易建立起的后汉王朝仅仅存在了四年的时间,这都是因为我离世太早。否则,说不定后汉能像大宋朝一样延续300余年……"

李三娘:"陛下不必伤怀。人世间熙来攘往,都是历史的匆匆过客,有几个能青史留名?夫君出身卑微,哪怕能在龙庭上坐一天,也是极大的荣耀,何憾之有?臣妾在人世间最为欣慰的就是遇到了陛下,臣妾一生足矣……"

解说:"其实后汉衰败的原因不在于刘知远的早亡,而在于他没有一个好的继承人。刘知远与李三娘共育有两个儿子,一个名叫刘承勋,一个名叫刘承祐。刘承勋自小持重,待人宽厚,且深谋远虑,是个可造就之才。但可惜他自小身体羸弱多病,就在刘知远南下讨伐契丹的路上,刘承勋死在了开封府尹的任上。而刘承祐顽劣,自小沉湎于声色犬马。大位传到这样的人手里,怎么能够长久?我们可以从后汉的早亡,更加深切地体会到接班人的重要。"

刘知远与李三娘携手消失在一片堂皇的宫殿里。

从大慧石上又走出张彪。

张彪:"面对家乡的父老,我张彪敢说一句话,那就是我对得起自己的良心。'忠义'二字在我看来比泰山还重。反叛朝廷,是为不忠,残杀袍泽,是为不义。我张彪怎能做那不忠不义之事?所以只好一走了之。"

解说:"手握重兵的张彪在极度矛盾的心境下选择了避走,这

在客观上为辛亥革命的成功创造了决定性的机会。如果张彪死心塌地效忠清廷，那么，武昌城里或许就会血流成河，历史上或许也就没有了辛亥革命。张彪大概看到了清廷即将倾覆的命运已经不可逆转，所以才痛苦地选择了放弃。有时主观与客观并不一定相匹配，而客观的事实绝不应该一笔抹杀！我们今天应该做的，就是要还历史一个本来面目，还张彪一个应有的历史地位。果如此，张彪在九泉之下也便可以瞑目了。"

张彪走入乌金山的丛林。

从水晶院走出金手和尚。

金手和尚："生死轮回，川流不息。百世百代，更替沉浮。王侯将相，留下几人？世间功名利禄，误了多少子弟？人本善类，六

欲使恶。人本灵物,七情使愚。佛门无情欲,人人有善缘。众生悟智慧,问道五金山。阿弥陀佛!"

  解说:"正是因为有了这些与中国历史息息相关的人物,乌金山的百里林海才显得异常厚重。我们的今天是从历史中走来,我们今天正在做我们的前人从来没有做过的事业。这块天外飞来的巨石将继续见证乌金山的儿女们创造新的更加辉煌的历史!"

【剧终】

图书在版编目（CIP）数据

乌金山故事 / 王琳玉主编；山西乌金山文化旅游开发有限公司编. —太原：山西经济出版社，2018.11
（三晋凉都乌金山）
ISBN 978-7-5577-0420-9

Ⅰ.①乌… Ⅱ.①王… ②山… Ⅲ.①故事—作品集—中国—当代 Ⅳ.①I247.81

中国版本图书馆CIP数据核字（2018）第271324号

乌金山故事

主　　编：	王琳玉
编　者：	山西乌金山文化旅游开发有限公司
责任编辑：	郭正卿
装帧设计：	华胜文化
出 版 者：	山西出版传媒集团·山西经济出版社
社　　址：	太原市建设南路21号
邮　　编：	030012
电　　话：	0351—4922133（市场部）
	0351—4922085（总编室）
E－mail：	scb@sxjjcb.com（市场部）
	zbs@sxjjcb.com（总编室）
网　　址：	www.sxjjcb.com
经 销 者：	山西出版传媒集团·山西经济出版社
承 印 者：	山西臣功印刷包装有限公司
开　　本：	890mm×1240mm　1/32
印　　张：	5.625
字　　数：	125千字
版　　次：	2018年11月　第1版
印　　次：	2018年11月　第1次印刷
书　　号：	ISBN 978-7-5577-0420-9
定　　价：	120.00元（全四册）

两面迎接新皇上。

刘知远与群臣骑马来到皇城。

解说:"这时候,刘知远看到路旁有一座雄伟的楼宇,楼宇飞檐斗拱,气势不凡。楼上有匾,曰'藏经楼'。让刘知远不解的是楼门上不知道为什么贴着封条。他问站在路边的一个官员藏经楼为什么被封?官员说楼里藏有降辽官员的档案,以备新皇来了处置。刘知远思忖一阵吩咐道:'即可将此楼烧掉。'刘知远的话就是圣旨,立即就有兵丁一把火点着了藏经楼。不大工夫,大火就将藏经楼吞噬。这时候,路边的官员不约而同齐刷刷跪在地上山呼万岁,喊声惊天动地。"

官员纷纷跪在地上连连叩首,并山呼万岁……

第四幕　张彪之谜

（一）

时间：1875年前后。

地点：飞来石前。

一个少年正在飞来石前练武。

在练武的过程中少年幻化成青年。

解说："就在刘知远建立后汉王朝913年以后，也就是1860年，这一年正是清咸丰十年，八国联军攻进了北京，火烧了圆明园。就在中国蒙受国耻的这一年的十二月，乌金山左付村又出生了一个曾经影响过中国历史的人物，他就是张彪。张彪生在一个贫苦的农民家庭，父母双亡后在太原考中武举，因其杰出的武功与才干成为山西巡抚张之洞的心腹，从此连连擢升。光绪十五年（1889年），张之洞任湖广总督，时值汉口水患，张彪受命督修湖西大堤，他精心设计，亲自到工地督查。大堤修成，根绝了水患，当地民众称大堤为'张公堤'，直到今天张公堤仍然发挥着防洪的重要作用。"

（二）

地点：汉口。

大雨如注，长江决口，大水奔涌，吞噬了村庄、民宅。一片惨不忍睹的水灾景象。

张彪在衙门召开水务部门会议，协商治水。

大堤工地，张彪与随从巡视大堤工程。

张彪亲自动手与劳工打夯。

张彪站在修好的大堤上端着一个粗瓷碗喝水。

修好的"张公堤"。

（三）

地点：校军场。

张彪操练军队。

解说："光绪二十六年，即1900年后，张彪在湖北创办鄂军，因其治军有方而被清政府授予'壮勇巴图鲁'即勇冠三军的称号。此后张彪一路擢升，历任清廷湖北提督、陆军副都统等要职。待到

辛亥革命成功,清王朝覆灭,民国诞生,而张彪这位前清的封疆大吏却被民国革命政府聘为高等顾问,并授予陆军中将衔。最后一个封建王朝与它势不两立的掘墓人都特别垂青张彪,这到底是怎么回事呢?"

(四)

地点:武昌。

张彪军营里革命党发动起义。

起义军攻打督署衙门。

张彪在提督衙门里焦灼地走来走去,犹如热锅上的蚂蚁。众将官望着张彪不知所措。

"打吧!"一位将官提议。

张彪摇摇头:"我怎么忍心伤害自己的袍泽……"

一将官:"那怎么办?"

张彪:"诸位仁兄见机行事吧……我的话你们可都明白?"

众将官:"明白!"

起义军与清军巷战。

解说:"其实张彪与辛亥革命的成功有着直接的关系,但在中国近代史上,张彪这个举足轻重的人物却一直被忽略甚至歪曲。宣统三年,即1911年,张彪任第八镇统制并兼统巡防营,手中握有重兵。同年10月10日,即农历辛亥年八月十九日,张彪部队内的革命党人突然哗变,宣布起义,向清王朝打响了第一枪,这就是历史上所说的武昌首义,辛亥革命从此拉开了序幕。但当时的真实情况是,革命党人不慎暴露起义机密而不得不提前暴动,在没有充分准备的情况下仓促上阵，根本谈不到战斗力。如果手中握有重兵的张彪决心镇压，辛亥革命或许就会被扼杀在摇篮里。但一向同情革命的张彪不愿向自己的部属袍泽举起手中的屠刀。但他是清廷重臣，又不愿背弃对自己有再造之恩的清廷。部下的哗变把张彪置于了一个两难的境地。最后，内心极端矛盾的张彪只好命令部下与起义军展开巷战，以此掩人耳目，好向朝廷交代。但他又不愿真正与起义军开战，只要遭遇，他只是虚晃几枪，为起义军让开道路，使起义军赢得了宝贵的时间。不久，起义军攻占了督署衙门，湖广总督瑞澄逃遁。黎元洪被推举为都督，改国号为中华民国，起义军取得了阶段性胜利……"

（五）

地点：提督衙门。

黎元洪求见张彪。

黎元洪说服张彪出山。

黎元洪："大人，清廷已危如累卵，形势显而易见，想大人定能洞若观火。若大人反戈一击，并登高一呼，必天下响应，大人亦将名垂千古……"

张彪浩叹："唉！清廷如父母，你我如手足，手心手背都是肉啊，我张彪将如之奈何？"

黎元洪："大人差矣……识时务者为俊杰，想大人一世聪明，难道还看不出天下大势……"

张彪:"人各有志,不可强勉。宋卿好自为之!"

解说:"两天后,张彪悄悄离开提督衙门,乘一艘日本军舰远避日本。极度矛盾的张彪选择了规避矛盾的第三条道路。一时间,张彪部下群龙无首,更加无心与自己的兄弟一决高下。张彪的避走,客观上给起义军留下了丰满羽翼的足够时间,为辛亥革命的成功创造了极为有利的条件。"

(六)

时间:1924年。

地点:天津张园。

孙中山偕夫人宋庆龄住到张园。

张彪恭迎并侍奉孙中山。

一时间，张园门前车水马龙，众多西装革履的历史名人集聚张园。

解说："民国元年，即1912年，张彪从日本回国，遂被民国政府聘为高等顾问，并授予陆军中将衔。张彪从此居住天津，并在日租界内置田20亩（1亩≈677平方米），修建一处花园式住宅，取名'张园'。民国13年，即1924年，孙中山北上和谈，偕夫人宋庆龄曾住在张园27天。一时间，汪精卫、孙科、张作霖、马千里、黎元洪等众多风云人物前来张园拜访孙中山，使张园成为民国政治的焦点，也把张彪推向了新闻的巅峰。"

（七）

时间：1925年

地点：天津张园。

溥仪率全家及臣工住进张园。

张彪以臣子身份侍奉溥仪。

解说："1924年底，冯玉祥将军发动北京政变，将末代皇帝溥仪赶出紫禁城。1925年2月23日，溥仪与皇后婉容、皇妃文绣，连同一些大臣、宫女、太监等数十人来到天津，张园又成为溥仪的'行宫'。张彪每日清晨亲自洒扫庭院，以尽所谓'事君'之道。有意思的是，末代皇帝溥仪在张园所选择的住处，竟然与此前孙中山所选择的住处是同一房间，甚至连床位的位置也不差分毫。一个是民国的国父，一个是亡命的皇帝，不同命运、不同道路、两个水火不容的历史人物，在张园竟然选择了同一栖身之处，这一戏剧性的巧合诉说着张园的传奇，也为历史研究者所津津乐道。但这一戏剧性的巧合究竟在诉说着怎样的宿命，又有哪个历史学家能说得清呢？"

（八）

地点：乌金山左付村。

张彪及家人回乡省亲。

左付村张灯结彩迎接张彪。

修建张彪祠堂。

游乌金山，拜水晶院与飞来石。

解说："张彪从日本回国以后，回到阔别近40年的家乡山西榆次左付村。并在村中修建张氏祠堂，这就是后人所说的张彪祠堂。在家乡期间，张彪曾几次登乌金山，拜水晶院，并设祭膜拜他青少年时期在此习武的飞来石，即今天我们看到的大慧石……"

第五幕：魂归故里

时间：目前。

地点：苍茫的乌金山。

水晶院、龙王庙、太清宫、九峰塔。

一群现代人在导游的带领下来到大慧石前。

解说："这座飞来石，也就是今天我们看到的大慧石，它见证了乌金山的历史。其实，人们对历史的评价有时候会与历史相悖。历史没有假设也没有如果。历史上发生的一切都是必然。不管历史发生了怎样的错讹，都无法改变历史前进的轨迹……"

从巨大的大慧石上走出盖聂。